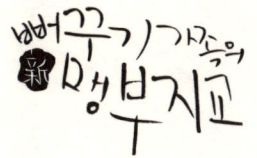

초판 1쇄 인쇄 2006년 12월 5일
초판 1쇄 발행 2006년 12월 10일

지은이 | 황석호 · 윤미경
펴낸이 | 김태화
펴낸곳 | 파라북스

주간 | 이성옥
기획 | 타임스토리 필름앤북스
책임편집 | 조은주
표지디자인 | 이창욱
본문디자인 | 김경선
마케팅 | 박경만
관리 | 이연숙

등록번호 | 제313-2004-000003호
등록일자 | 2004년 1월 7일
주소 | 서울특별시 마포구 서교동 343-12
전화 | 02) 322-5353   팩스 | 02) 334-0748
홈페이지 | www.parabooks.com

ISBN 89-91058-56-6 03810
copyright ⓒ 2006 by 황석호 · 윤미경

*값은 표지 뒷면에 있습니다.

뻐꾸기 가족의
新맹부지교

황석호·윤미경 지음

파라북스

책을 펴내며

사람이 이 세상에 태어나 살면서 좋은 것 세 가지를 가지라고 한다면 우리는 '행복, 사랑, 겸손'을 원한다. 그리고 버려야 할 세 가지를 꼽으라고 한다면 '고정관념, 강박감, 아이들에 대한 욕심'이라고 생각한다.

가정이 행복해야 아이가 반듯하게 성장할 것이며, 사랑은 베풀면 베풀수록 아이가 행복해 할 것이고, 겸손은 나보다 못한 사람을 돌볼 수 있는 힘이 될 것이다.

우리는 이 세 가지를 가지고 아이들 교육을 시키고 싶었고, 이런 우리의 생각을 전해주려고 부단히 노력해왔다. 지금까지는 별 문제 없이 잘 따라와준 아이들이 앞으로 어떻게 자랄지는 모르지만 '시작이 좋으면 끝도 좋겠지'라는 마음으로 노력할 뿐이다. 아이들 교육에서 정답은 없다. 아이들의 각기 다른 장점과 단점을 살려 교육시키는 것이 그나마 정답에 가깝지 않을까라는 생각을 한다.

우리는 학교교육이나 사교육 위주보다는 평생교육을 시키고
싶었다. 그리고 모든 일에 지혜로운 아이로 키우고 싶었다. 주
변에서는 우리 아이들을 영재나 천재쯤으로 보는 사람들이 많
은데, 우리 아이들은 분명 영재나 천재는 아니다.

나이에 비하여 일찍 대학에 들어가 그런 오해 아닌 오해를
하곤 하지만 어떤 집 아이들보다 평범하다. 아이들 역시 자신
들이 영재라는 말에는 극구 부인한다.

얼마 전에 있었던 대학 면접에서 서류를 보던 교수님들이 깜
짝 놀라 다빈이에게 이렇게 물었다고 한다.

"우리 학교에 천재가 들어왔네. 언제부터 공부를 잘했어?"

그러자 다빈이는 이렇게 대답했다고 한다.

"저는 천재나 영재는 아니에요. 남들보다 더 열심히 노력해서
여기까지 올 수 있었어요. 나이는 어리지만 대학에 오면 열심히
노력하여 언니 오빠들처럼 대학생활에 잘 적응할 거예요."

정인이와 빈희 역시 다빈이와 생각이 다르지 않다. 우리 집 아이들은 결코 머리가 좋다거나 영재들이 보이는 특성들을 가지고 있지 않다. 다만 공부할 때나 생활할 때 성실하게 노력하는 과정을 통해 좋은 결과를 만들어냈을 뿐이다.

좋은 대학에 들어간다거나 좋은 직장을 얻기 위한 교육도 물론 중요하다. 하지만 아이들의 평생교육이 좀더 현실적이고 현명한 일이라는 판단 아래 평생교육에 힘쓰기로 의견을 모았다.

부모가 세상과의 인연이 끝난 후 아이들이 독립적이고 자립적인 한 개체로서 사회의 훌륭한 구성원으로 살아주길 바라는 마음에 선택한 길이었다.

누구나 살아가면서 겪는 어려움은 많다. 많은 어려움 속에서도 자식의 교육문제는 모든 부모들이 가지고 있는 공통적인 딜레마일 것이다. 자신의 아이가 질 높은 교육을 받고 훌륭한 인격체로 성장해주는 것이 모든 부모의 소망일 것이다.

자식교육이 얼마나 어려웠으면 세상의 어떤 농사보다 자식 농사가 제일 힘들다고 했겠는가. 우리 부부 또한 아이들 교육을 위해 3년 가까운 시간 동안 어렵고 힘든 터널을 빠져나왔다. 그리고 그동안의 이야기를 진솔하고 사심 없는 마음으로 고백하여 부모들이라면 누구나 공감할 수 있도록 책에 담아내야 되겠다고 마음먹었다.

틀에 박힌 제도권 교육이나 시시각각으로 변하는 입시제도는 아주 강한 비바람처럼 우리 아이들을 괴롭히는 게 현실이다. 그 비바람을 아이와 함께 공유하며 이겨 나갈 수 있도록 버팀목 역할을 해주는 것이 부모로서의 진정한 역할이 아닐까 생각한다.

우리 아이들이 실천했던 교육 계획표나 집중력 강화 훈련 프로그램은 거창하거나 대단한 것이 아니다. 부모라면 누구나 할 수 있는 것을 단지 우리는 확실한 주관과 목표의식을 가지고 교육에 접목시켜 결과적으로 아이들에게 행복한 공부과정을 열어주었다는 것뿐이다.

주변에서는 우리 아이들이 정규 교육과정을 거치지 않아 친구도 없고, 부모가 강압적으로 시킨 교육이 아닐까 생각하는 사람들이 있을지도 모르겠다. 하지만 그건 우리 가족이 사는 모습을 진정으로 볼 수 없었기 때문에 그런 편견을 갖거나 오해를 할 수 있다고 생각한다.

우리 부부 교육철학의 가장 큰 원칙은 자연주의 사상에 바탕을 두고 있다. 아무리 공부를 잘하고 좋은 대학을 나와 좋은 직장을 얻었다 한들 인간이 가져야 하는 덕목을 갖추지 못하면 타인을 배려하는 삶을 꿈꿀 수 없다.

그리고 우리는 아이들이 틀에 박힌 교육에 따른 스트레스와 입시전쟁에서 벗어나 자신의 목표와 적성에 맞춘 공부를 통해 공부 그 자체의 즐거움을 느끼기를 원했다.

고기를 잡아주는 부모보다는 고기 잡는 법을 가르쳐주는 부모가 참부모라는 것은 누구나 알고 있다. 하지만 우리의 교육현실은 경제 위주의 사교육과 위탁교육이 난무하고 있다. 그러다 보니 좋은 대학과 좋은 직장을 구하기 위해 공부한다고 생각하는 아이들도 많다. 그렇게 생각하는 아이들이 자라서 어른이 된다면 물질만능주의 세상이 되는 것은 너무나 자명한 일이다.

　그래서 우리 아이들만큼은 틀에 박힌 교육과 공부 위주의 입시제도에서 벗어나 자신의 목표와 적성에 맞는 공부를 하면서 공부 자체에서 즐거움과 행복을 찾아가는 교육을 시키고 싶었다.

　이 책이 자녀가 있는 부모들이나, 앞으로 부모가 될 사람들에게 조금이나마 공감대를 형성하고 도움이 되기를 바라는 마음 간절하다.

황석호 · 윤미경

차 례

■ 책을 펴내며 _4

1 우리가 한가족이 되기까지

아이들에 대한 사랑으로 탄생한 '뻐꾸기 가족' _15

2 행복한 가정에서 영재가 나온다

아이들은 행복한 부모의 모습에서 정서적 안정을 찾는다 _23

아이 눈높이에 맞춘 놀이로 집중력을 높여라 _27

아이의 스트레스는 많은 대화로 풀어줘라 _31

스킨십이 가장 좋은 마음의 치료법이다 _37

3 공부의 생명력은 집중력

뇌 체조로 집중력을 높여줘라 _45

이런 방법이 벌도 주고 집중력도 키워준다 _50

앉는 자세를 바로잡아줘라 _56

암기과목은 기억영상법을 활용하라 _58

몸과 마음을 깨끗하게 다스리면 인생의 철학이 생긴다 _62

4 초등학교 졸업 후에 떠난 중국유학 생활

마침내 중국유학을 결정하다 _69

중국어까지 직접 가르치다 _72

5 아빠 뻐꾸기의 신맹북지교 10계명

나라사랑하는 마음을 항상 품고 살게 하라 _79

부모에게 효도하는 것을 가르쳐라 _82

존경받을 수 있는 아버지가 되자 _85

매를 아끼지 마라 _90

색깔 있는 사람으로 만들어줘라 _95

틀에 박힌 교육은 이제는 가라 _99

속담과 명언으로 세상을 알게 하라 _105

농부의 마음으로 아이를 가르쳐라 _110

숲 밖에서 보아야 아이의 적성이 보인다 _115

목표 없는 유학은 아이 인생을 망칠 수도 있다 _119

6 엄마 뻐꾸기의 신명모지교 10계명

학습계획표는 최고의 선생님이다 _125

일기와 독후감이 아이의 미래를 바꾸어놓는다 _129

텔레비전과 컴퓨터는 꼭 필요할 때만 _132

'공부하라'는 잔소리보다 나쁜 것도 없다 _137

공부할 때도, 놀 때도 미친 듯이 하게 하라 _141

일주일에 하루는 자연으로 돌아가라 _145

어려운 사람들을 돌보는 법을 알려줘라 _148

인터넷을 120% 활용하라 _152

아버지는 엄하게, 어머니는 자애롭게 감싸라 _157

돈으로 아이들 교육을 시킨다는 생각은 버리자 _161

7 중국에서 깨달은 부모님의 참사랑

"기대에 어긋나지 않는 빈희가 될게요!" _169

"부모님 덕분에 마침내 해냈어요!" _173

■이 책을 마치며 _176

우리가
한가족이
되기까지

아이들에 대한 사랑으로
탄생한 '뻐꾸기 가족'

아이들의 오늘이 있기까지를 얘기하기 위해서는 우리 부부의 결혼 이야기부터 할 수밖에 없을 것 같다. 두 번 다시 생각하기 싫지만 그런 과거가 밑바탕이 되어 지금의 우리가 있기 때문이다.

우리 부부는 나중에 안 사실이지만 이혼한 시기와 이유가 비슷하였다. 심지어는 위자료 없이 양육권만 가지는 것도 똑같았다. 그 때문인지 우리는 서로의 위로에 대해 편안함을 느꼈다. 아이들에 대한 모성애와 부성애가 매우 강하고 자녀교육에 대한 생각에서도 일치하는 부분이 많았다.

15

나에게 찾아온 재혼이라는 행운

그 당시 나에게는 당장 애들을 먹여 살릴 만큼의 금전적인 능력이 없었다. 그래서 당장 애들을 위해서 돈이 필요했다. 결국 태성이는 할머니집에 버려두듯이 두고, 정인이는 학교문제로 할 수 없이 누나에게 맡기게 되었다. 내게는 하루하루 눈물로 지낼 수밖에 없는 날이었다.

사방팔방으로 수소문한 끝에 충남 태안에 있는 한의원과 조건이 맞아서 대체의학 원장으로 취직할 수 있었다. 나는 그곳에서 아이들 생각과 아픈 과거를 잊기 위하여 병원에서 원하지도 않는 야간진료까지 자처하였다.

그런 세월이 얼마간 지나자 내게도 안정이 찾아왔다. 조금은 마음의 평온함이 찾아왔다. 나는 안정을 취한 반면에 정인이는 울면서 새벽에 전화하는 일이 잦았다.

정인이의 전화를 받는 날에는 살을 도려내는 아픔이 있었다. 그럴 때마다 하루라도 빨리 애들이 원하는 엄마를 찾아주고 싶은 생각뿐이었다.

그런 생각과 바쁜 일상 속에서 우연한 기회에 아내를 소개받는 행운이 찾아들었다. 내 처지를 딱하게 여긴 지인의 소개로 지금의 아내에 대한 이야기를 들을 수 있었다.

태안에서 천안으로 가는 동안 내게는 지난날의 아픈 과거가 주마등처럼 스쳐갔다. 그리고 과연 이 여자를 만나도 되는지에 대해서 의문이 생기며 혼란스러웠다.

그러나 천안 버스터미널에서 나를 기다리고 있는 지금의 아이 엄마를 만났을 때는 모든 시간이 정지하며 하늘에서 한줄기 빛이 그녀를 위해서 내리는 조명 같았다.

온몸이 얼어붙는 것 같은 느낌과 함께 나도 모르게 탄성이 입에서 흘러나왔다. 벤치에 홀로 앉아 책을 읽는 모습이 내게는 더 없는 한 폭의 그림 같았다. 이 정도의 여자면 아이들과 내 인생을 맡겨도 후회하지 않을 것이라는 알 수 없는 묘한 힘이 생기면서 마치 운명처럼 느껴졌다.

만남 후 나는 충주에 있는 아이들이 걱정할 것 같아서 바래다주겠다고 제의했다. 아내도 싫지 않은 눈치로 제의를 기꺼이 받아들여 충주로 차를 몰았다.

충주로 향하는 2시간여 동안 나는 거짓 하나 보태지 않는 진실을 보여줘야겠다고 결심하였다. 왜 이혼을 하였으며 지금의 내 처지를 자세하게 설명하면서 평생 울어도 다 못 울 만큼의 눈물을 쏟아냈다.

　지금 생각해보면 그때 그 눈물이 진실되었기에 아내와의 재혼이라는 행운을 잡을 수 있었던 것 같다. 이후 각자의 아이들을 만나게 되었고, 정인이와 태성이도 새엄마로서 좋아하게 되었다.

솔직함과 아이사랑에 마음이 끌려

이혼 후 약간의 돈을 빌려 학원을 차리게 되었다. 나는 아이들을 위해서 더 열심히 살려고 노력하던 중 주변에서 성실하고 착한 사람이 있으니 한번 만나보라는 제의를 받게 되었다.

처음에는 빈희와 다빈이에게 이혼을 하면서 한 약속이 마음에 걸려 정중히 거절하였다. 그 약속이란 다름 아닌 재혼하지 않고 평생 아이들하고만 살겠다는 것이었다. 그리고 사실 바쁜 일상이라 재혼을 생각해볼 겨를도 없었다.

얼마의 시간이 지난 후 한 낯선 사람의 전화를 받게 되었다. 처음에는 경계심이 생겨 전화를 받는 것조차 불편하였다.

한두 번의 전화 통화로 인연이 끝날 줄 알았는데 시간이 흐를수록 통화 횟수가 점점 더 많아졌다. 많은 통화를 하며 상대방의 진심을 알게 되었고 어떤 사람일까 궁금해지기 시작하였다.

그 사람의 진심을 알게 되고 한 번의 만남을 가지게 되었다. 남편의 첫인상은 생각보다 훨씬 더 좋았고, 자신의 처지를 숨기지 않고 솔직하게 이야기하는 용기에 내 마음도 조금씩 움직이기 시작하였다.

우리는 친구삼아 만남을 가지던 중 아이들과도 같이 모이는 기회를 자주 만들었다. 아이들과 만날 때마다 남편은 빈희와 다빈이에게 조심조심 한 발짝씩 다가가는 게 느껴졌다.

　나 또한 정인이와 태성이에 대해 안쓰러운 마음이 들어 따뜻하게 대해주고 싶었다. 이런 과정을 통해 양쪽 아이들끼리도 친해짐으로써　큰 장애 없이 자연스럽게 한가족을 이루게 되었다.

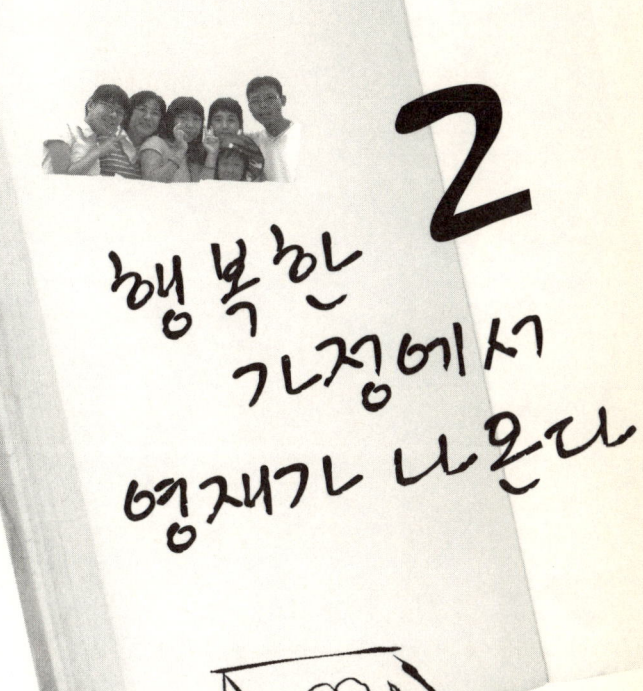

2

행복한
가정에서
영재가 나온다

아이들은 행복한 부모의 모습에서
정서적 안정을 찾는다

우리는 때로 너무 지나친 애정표현으로 아이들에게 빈축을 사기도 한다. 하지만 우리 부부의 닭살스런 행동을 보며 아이들은 마냥 좋아하고 행복해한다. 특히 우리는 다른 부부들과 경우가 달라서 아이들이 부모의 행복해하는 모습을 더욱 좋아하는 것 같다.

언젠가 빈희가 이런 말을 한 적이 있다.

"아빠, 고마워요."

무엇이 고맙느냐고 묻자 이렇게 대답했다.

"전의 아빠와 살 때는 엄마가 저렇게 행복해하며 웃는 모습을 본 기억이 없는 것 같아요. 아빠와 살면서 엄마가 행복해하는 모습이 저로서도 너무 보기 좋아요. 항상 엄마를 위해 더 뜨거운 애정표현을 해주세요."

그때 문득 아이들은 부모가 서로 사랑하는 모습을 보여줄 때 정서적으로 빠른 안정을 찾는다는 생각을 갖게 되었다. 일반상식으로 생각해 보아도 가정이 행복하다면 탈선하는 아이들이 나올 수 있겠는가.

가정의 행복은 특정한 한 사람에 의해서 만들어지는 게 아니라 가정 구성원 한 명 한 명이 노력하는 결과이다. 생각해보면 아이들도 만족하고 부모로서도 만족스러운 지금의 현실이 우리에게는 너무나 소중하다.

어떤 가정이든간에 물질로써 행복해지는 경우는 없을 것이다. 그런 생각은 가족간의 대화를 단절시키며 부모와 자식간의 거리를 더 멀게 할 뿐, 행복한 가정을 만들어 주는 것과는 거리가 멀다.

자녀에게 좋은 옷과 최신형 휴대폰, MP3 같은 물질적인 것을 사주는 것으로 부모로서 해야 할 도리를 다하는 것은 아니다. 우리 아이들이 진정으로 원하는 것은 부모와의 격 없는 대화일 수도 있다.

가족의 행복은 누가 만들어주는 것이 아니다. 가족 구성원들이 서로를 소중히 여기고 서로의 허물을 덮어주며 사랑으로 치유해주는 데서 가족의 행복이 만들어진다. 그리고 그런 가정 속에서 아이들은 자기의 꿈과 희망을 볼 것이다.

아이를 낳고 기른 부모가 자신의 아이를 교육시키지 못하면 어떻게 남들이 교육을 시켜주겠는가? 우리 부부는 학교 교육이 사회에 나가서 집단생활을 할 수 있는 도움을 받을 수 있을 뿐 절대 아이들을 인간답게 만들어주는 교육은 아니라고 본다. 정말로 자녀가 인간답게 살기를 원한다면 가정교육이 밑바탕이 되어야 하고 그 다음에 사교육이나 타교육이 되어야 한다고 본다.

내 아이를 잘 키운다는 것은 농부가 자라나는 곡식을 보고 힘은 들지만 추수할 때 보람을 느끼는 것과 같을 것이다. 자녀도 농부가 잘 키운 곡식하고 별반 차이가 없다. 부지런한 농부가 실한 곡식을 얻는게 당연하다.

내 자식 내가 교육시키지 못하겠다는 말들을 주변에서 하곤 한다. 그 말만큼 어리석은 소리가 어디 있겠는가? 그 자식이 누구의 유전자를 받아서 이 땅에 태어났겠는가? 부모가 자식

교육을 하지 못한다는 것은 자신에게 욕하는 것과 다름없다.

흔히들 '부모는 자식의 거울이다' 라고 말하지 않는가. 자녀가 공부를 못하고 예의가 없다면 아이를 나무라기 전에 부모 자신의 교육관부터 한 번 더 짚고 넘어갈 일이다.

진정 행복한 가정을 이루려면 서로에 대하여 많은 대화와 양보가 필요할 것이다. 부모라서 자녀를 꼭 이겨야 될 이유도 없고 자녀라서 부모에게 꼭 져야 하는 이유도 없다.

부모는 자식의 버팀목 역할을 하고 자식은 그 부모를 믿고 부모에게 편안하게 기댈 수 있다면 이 얼마나 아름다운 풍경이 나오겠는가? 사랑으로 이루어진 가정은 절대로 무너지지 않듯이 아이들과 부모의 대화는 행복한 가정의 필수조건이라 할 수 있다.

아이 눈높이에 맞춘
놀이로 집중력을 높여라

결혼 초에는 우리 역시 서로 다른 교육철학으로 다툼도 많았고 힘든 시기도 있었다. 타협점을 찾기 위한 수많은 대화와 서로의 생각을 접목시킨 결과 아버지가 아이들 교육을 주도하는 것으로 결론을 내렸다. 그리고 엄마는 아버지의 보조역할자로서 세부계획을 실천하기로 하였다.

다시 말해, 아이들 교육에 있어서 큰 테두리인 인성 교육과 철학 교육, 집중력 교육, 마음의 상담치료, 성교육은 아버지가 시키기로 하였다. 엄마는 아이들의 학교 공부와 그 공부를 뒷받침해줄 수 있는 생활 계획표, 학습 계획표, 일상 계획표를 짜주기로 하였다.

결정을 내린 후 가장 먼저 실천한 것은 아이들 눈높이에 맞춘 놀이를 통한 집중력 키우기였다. 돈은 어린아이나 어른 할 것 없이 누구나 좋아한다. 그래서 돈을 활용하여 아이들의 집중력을 극대화시키기로 마음먹었고, 그 방법은 예상했던 것 이상으로 아이들에게 좋은 호응을 받았다.

공부를 마친 후 휴식시간을 이용하여 일명 '짤짤이' 놀이를 통하여 아이들에게 돈을 따고 싶으면 생각을 읽어보라고 가르쳤다.

처음에는 아이들이 이게 무슨 놀이냐며 반발하였다. 어떻게 사람이 머릿속을 읽을 수 있느냐며 하지 않으려고 하였다. 하지만 일단 해볼 것을 강요하였다. 마지못해 아이들은 머릿속을 읽는 시늉을 하며 게임이 시작되었다.

돈의 액수는 일정하게 정해놓아 지나치게 많이 걸 수 없었다. 아이들이 1과 3을 불렀다면 2를 집지 않고 1이나 3을 맞춰주는 형식으로 아이들에게 약간의 돈을 잃어주었다. 그러자 맞힌 아이는 자신감으로 충만하였고 맞히지 못한 아이는 좀더 집중하여 어떻게든 맞히려고 노력하였다. 결과적으로 짤짤이 게임을 통하여 아이들의 자신감과 집중력을 키우는, 한 번에 두

마리의 토끼를 잡을 수 있었다.

돈을 가지고 하는 놀이가 아이들에게 나쁜 영향을 미친다고 생각하는 사람이 있을 것이다. 하지만 우리 경험상 확신하건대 돈이라는 것이 아이들의 가지고 싶어 하는 욕구를 자극하여 하나로 뭉칠 수 있는 계기를 만들어줄 수도 있다는 것이다.

중국에 가기 전 아이들이 공부로 힘들어할 때 우리는 애써 시간을 내어 오락실에 같이 가서 놀곤 했다. 그러면 아이들은 이내 컨디션을 회복해 제 페이스를 찾곤 했다.

또 언젠가는 디디알(춤추는 기계)이 한참 유행할 때 아는 사람이 컴퓨터를 사고 사은품으로 받은 디디알을 우리집으로 가져와서 설치해놓고 점수가 가장 좋은 아이에게는 상금으로 천 원을 주곤 하였다. 아이들은 재미도 있고 상금 욕심에 공부와 춤추는 것을 열심히 하였다.

아이들 눈높이에 맞춰주며 놀다 보면 어느새 우리도 동심으로 돌아가고 어떨 때는 아이들보다 우리가 더 수준이 낮게 논다는 이야기도 많이 들었다.

한번은 빈희, 다빈, 정인이가 우리에게 부모가 아니라 친동생처럼 생각된다고 하여 많이 웃었던 적도 있다.

대학교수가 유치원생을 가르치기 어렵듯이 내 아이가 초등학생이면 초등학생에게 맞는 학습법이 필요하고 때로는 우리도 초등학생이 되어야 하는 것이다. 그럴 때 아이들은 마음을 열고 신뢰감과 정도 더 느낄 것이다.

부모가 아이의 눈높이에 맞추어 놀아준다면 아이와 부모가 더 가깝게 지낼 수 있는 계기가 될 것이다. 아이들 눈높이에 맞추어주는 교육이 뭐 그렇게 특별하거나 힘든 일은 아니라고 본다. 아이들에게 친구 같은 부모가 되어준다면 주변사람들에게 말하지 못하는 이야기도 부모에게는 자연스럽게 털어놓을 것이다.

아이들에게 '어떤 부모가 최고의 부모다' 인지는 우리 부부도 모른다. 하지만 아이들이 어떤 부모를 원하는지는 조금은 알 것 같다.

아이들은 부모들이 주는 물질적인 그 어떤 것보다도 자기들 눈높이에 맞추어 자신들을 이해하는 마음을 원하고 있다.

진정한 교육이란 가정교육을 통해 이루어지며 아이들 마음의 눈높이에 맞추어 이해하는 것에서 시작되어야 할 것이다.

아이의 스트레스는
많은 대화로 풀어줘라

　아이들과 부모간에 솔직한 대화를 나눈다는 것은 쉽지 않은 일이어서 우리 가족 역시 아이와 부모의 세대 차이가 대화를 가로막는 장벽이었다. 어떻게 하든간에 아이들과 솔직한 대화를 하고 싶었지만 처음에는 아이들과 허심탄회하게 이야기하는 것이 막연하였다. 하지만 그럴 때마다 아이들이 뒷걸음질친다는 느낌을 받곤 하였다.

　아이들과 공통 되는 관심사가 없을까를 생각하던 중 아이들이라면 모두 연예인에 대해 관심이 많다는 것을 떠올렸다. 그리고 틈틈이 인터넷을 뒤쳐가며 관심 가질 만한 연예인들의 프로필부터 조사하였다. 그런 다음 함께 텔레비전을 보는 척하며 신인 가수나 못 보던 연예인이 나오면 아는 척하였다.

자기들도 모르는 사실을 우리가 말하자 아이들은 흥미를 보이기 시작했다. 그렇게 대화가 시작될 때면 영화이야기까지 나오고 나중에는 온갖 잡다한 이야기와 자신의 미래에 대한 이야기도 하곤 하였다.

언젠가 빈희가 어떤 연예인을 아느냐고 물어보았다. 물론 알고 있으며 이참에 그 사람 사인을 받아다 주겠다고 약속하고 인터넷을 돌아다니며 위조 아닌 위조로 사인을 해준 적도 있었다. 아이들이 위조한 사인에도 좋아하자 우리는 어떤 연예인하고 예전에 사귀었다는 거짓말도 하게 되었다. 아이들은 그 당시 나이가 어려선지 그 말을 믿고 한번만 만나게 해달라고 사정을 했다.

다빈이와 빈희는 그 당시 아버지와 별로 친하지 않고 서먹하였는데 사인을 건네주는 날에는 조금 더 가까워지는 느낌을 받았다. 나중에는 친구들에게 새 아빠 자랑도 서슴지 않고 할 정도로 친해졌다.

처음에 연예인 이야기에서 시작된 대화는 후에 영화이야기로 자연스럽게 연결되어 좋은 영화가 나오면 같이 영화관에 가든지 아니면 비디오를 빌려와서 밤새워 본 적도 많았다. 공통된 주제는 공동의식을 만들고 공감대를 형성하여 하나로 뭉쳐주는 이상야릇한 힘이 있었다.

영화를 보고 난 후에는 열띤 토론도 했는데, 식구가 많고 비슷비슷한 또래이다 보니 나중에는 편이 나뉘기 일쑤고 재미있고 흥미 있는 토론이 되었다.

어른들은 흔히 자녀가 어리다고 자신의 대화 상대가 될 수 없다고 단정짓는다. 하지만 마음의 문을 열고 대화를 시작하면 생각지도 못한 아이의 의젓한 마음을 읽을 수 있다. 부모가 스승일 때도 있고 자녀가 스승이 될 때도 있다.

우리도 처음에는 아이들과의 대화를 무시한 채 살았다. 어린 것이 알면 얼마나 알까 싶어 아이들 이야기를 무시하는 것이 태반이었다.

우리 두 사람 모두 이혼 후 너무나 비참하고 왜 지금의 처지에 와 있는지 후회도 많이 해보았다. 그 당시에는 어른인 우리가 가장 큰 피해자라고 생각하였고, 상대방에 대해 원망도 많이 하였다.

하지만 아이들 입을 통해서 들은 소리는 우리의 생각과 너무나 달랐다. 나이가 어린 태성이는 아무것도 몰랐지만 정인이와 빈희, 다빈이는 객관적인 눈으로 우리를 정확하게 관찰하고 있었던 것이다.

이혼 후 정인이가 아버지에게 다소 충격적인 이야기를 하였다. 아버지가 정인이에게 절대 재혼하는 일이 없으며 평생을 너희들을 위해 살겠다고 눈물을 흘리며 이야기하자 정인이가 이렇게 되물었다.

"아빠, 나이도 젊으신데 왜 혼자 살려고 하세요?"

"너희들을 위해서 혼자 살려고 하는 것이다."

"아빠, 아빠도 원하고 우리도 원하는 새엄마를 얻어주시면 더 좋잖아요?"

그 순간 이제까지 아이들과의 대화를 너무 무시하고 살았다는 후회를 하게 되었다. 정인이에게 어떤 새엄마를 원하냐고 묻자 앞에서도 이야기한 것처럼 공부를 가르쳐주는 새엄마를 원했고, 공부를 못한다는 것이 학교 가는 스트레스라고 이야기하였다.

어린 정인이가 무슨 스트레스를 받겠느냐고 생각했었는데 정인이가 이혼이라는 것을 통하여 어른보다도 더 많은 스트레스를 받고 있다는 것을 알고 무척 충격을 받았다.

정인이가 적극적으로 재혼을 밀지 않았더라면 지금의 우리도 없고 지금의 소중한 가정도 없었을 것이다. 부처님이나 예수님도 못한 것을 내 자식이 해주었다고 믿는다. 우리는 이렇게 만나서 한가족이 된 걸 감사하며 평생을 가족을 위해서 살 것이다.

대화를 통하여 자녀의 스트레스를 풀어주려고 하지만 정작 스트레스를 풀어야 할 당사자가 보따리를 풀지 않는 한 그 속에 뭐가 있는지 알 수 없다. 우리 아이들도 가슴속에 많은 스트레스를 품고 살지만 부모가 보따리 속을 볼 자격이 없다고 생각한다면 보따리를 풀어놓겠는가.

정말 자녀의 가슴속 스트레스 보따리를 보고 싶다면 그 보따리 속에 들어 있는 내용물을 통째로 이해해주며 그 보따리 속을 텅텅 비워주겠다는 마음으로 접근하여보자. 부모라면 자신의 아이들이 무슨 이유로, 어떤 일로 스트레스를 받고 어떻게 스트레스를 해소하는지 알고 있어야 하지 않겠는가.

한참 사랑받고 존중받으며 살아가야 하는 내 아이의 가슴속에 한처럼 말 못하는 스트레스가 있다면 부모가 먼저 알고 치유해주는 것이 도리일 것이다. 그리고 그것을 알기 위해서는 열린 마음으로 충분한 대화와 꾸준한 관심과 꾸준한 관찰이 필요할 것이다.

아이도 그런 부모가 버팀목처럼 편안해서 기댈 것이고, 그런 부모라면 자기에게 도움을 줄 수 있을 것이라는 믿음이 생겨 대화를 시도할 것이다.

우리 가족은 보통 작은 이야기(보통 연예인)로 대화를 시작하지만 한번 시작한 대화는 시간이 흐를수록 깊이를 더해간다. 때로는 눈물 흘리며 상처를 달래기도 하고 때로는 오해가 풀리기도 하고, 때로는 서로의 미래를 독려하기도 한다. 그래서 대화의 끝은 서로 사랑받고 관심받는다는 느낌으로 끝나는 것 같다.

우리 부부는 모든 아이들은 사랑받기 위해서 태어났다고 믿고 있다. 그 믿음을 아이들이 불신하지 않게 모든 부모들이 자주 대화하고 자기 가족만의 대화기법을 찾아야 한다.

스킨십이 가장 좋은
마음의 치료법이다

처음에는 다 큰 여자 아이들과 스킨십을 한다는 것이 쉬운 일은 아니었다. 누구나 스킨십이 자녀들에게 마음의 치료 방법으로 좋다고 생각하면서도 막상 해보려고 하면 아이들이 너무 컸다거나 예쁜 짓을 해야 안아주고 싶다고 생각한다.

하지만 '미운 자식 떡 하나 더 준다'는 속담도 있듯이 어른이 먼저 다가가고 자연스러운 스킨십을 통해서 아이들이 마음의 안정을 찾는다면 못해줄 이유는 없을 것이다.

내 자식 내가 먼저 사랑해주어야 사회에 나가서도 타인들에게 사랑받고 존경받으며 사회생활을 해나갈 것이다. 길을 가다가 예쁘게 생긴 아이를 볼 때 내 손은 벌써 그 아이의 머리를 쓰다듬어주고 있을 것이다. 부모가 사랑의 손길로 자식을 보다 듬어준다면 내 아이는 얼마나 많은 행복과 부모에 대한 사랑을 느낄 수 있겠는가?

처음 우리 가족이 합쳤을 때에는 불만과 융합할 수 없는 이유가 많았다. 빈희, 정인, 다빈이는 비슷한 또래의 여자아이라서 그런지 조용할 날이 없었다.

하루는 학교에서 돌아온 빈희의 얼굴이 붉으락푸르락해 있었다. 왜 그러냐고 물어보자. 친구들이 너희 자매들의 성씨가 다른데 왜 같은 집에 사냐는 질문을 해댄다는 것이다.

빈희뿐만 아니라 정인이, 다빈이의 경우도 마찬가지로, 그럴 때마다 아이들은 너무 힘들어했고, 그런 이야기를 집에서 털어놓으면 부모인 우리도 너무 힘들었다.

그때 우리가 생각한 것은 우리 가족끼리라도 잘 융합하자는 것이었지만 그 방법이 무엇인지 현명한 대안이 떠오르지 않았다. 어떻게 해야 아이들이 하루빨리 친자매처럼 친해질까가 우리 부부의 숙제처럼 느껴졌다.

그런 날들이 하루이틀 지나면서 이래서는 안 되겠다는 생각으로 곰곰이 고민하던 중에 강가로 놀러 갈 기회가 있었다. 수

영을 잘하는 우리가 수영 실력을 보여주자 아이들이 놀라워하
였다. 우리의 수영 실력을 본 아이들은 수영을 가르쳐달라고
졸라댔다. 지금이 기회다 싶어 자연스러운 스킨십을 하며 몸살
이 날 정도로 아이들과 재미있게 물놀이를 하였다.

서먹서먹하고 어색했던 분위기는 언제 그랬냐는 듯 아이들
은 돌아오는 차 안에서도 우리 곁을 떠나지 않고 수영을 잘하
려면 어떻게 해야 되느냐, 그 비법을 가르쳐달라는 둥 이야기
꽃을 피웠다.

집으로 돌아와서는 모두가 팬티만 입고 다 같이 한바탕 샤워
를 하였다. 수영 물놀이는 그만치의 격이 없는 한가족으로 아
이들에게 접근하는 기회가 되었다.

우리는 강가의 물놀이를 계기로 본격적인 스킨십 작전에 들
어갔다. 그 다음 단계는 옷을 다 벗고 4남매가 같이 목욕하기
였다. 아파트에 살았으므로 욕조가 2개였고, 조금 큰 욕조가
하나 있었다.

학교 담벼락에 흔히 피어 있는 장미꽃을 한 봉지 따와서 큰
욕조에 풀어주고 약간의 향기 액을 넣었다. 그리고는 아이들에
게 옛날 왕비들이 즐겨 했던 장미꽃 욕조라고 하였다.

이것에 몸을 담그면 피부가 백옥처럼 하얗게 되며 피부에서 꽃향기가 난다고 했다. 장미 목욕을 하면 너희도 왕비가 된다고 하자 아이들은 마치 자기들이 왕비라도 된 양 즐거워하고 행복해했다.

그날 이후 우리는 시간 날 때마다 장미꽃잎을 욕조에 띄워 장미탕을 만들어주었고 귤을 먹는 날에는 귤탕을 만들어주기도 하였다. 그렇게 여러 제목을 붙여가며 피부에 좋은 여러 가지 재료를 이용하여 아이들끼리 발가벗고 목욕도 하고 놀이도 하자 서서히 친해지기 시작하였다. 아이들이 목욕을 다 하고 나면 홍조 띤 얼굴이 귀여워 한 사람씩 돌아가며 뽀뽀를 해주었다.

태초에 인간은 아무것도 걸치지 않은 벌거숭이로 태어났듯이 아이들과 가장 친해질 수 있는 것은 자연 그대로의 모습, 꾸미지 않는 부모, 그것이 아이들이 최고로 바라는 것이자 좋아하는 부모가 아닐까 생각한다.

욕조탕 놀이를 통하여 아이들은 서로 스킨십을 하였고 벌거벗은 서로의 몸을 보며 친해진 후부터 다투는 일이 부쩍 적어지고 서로를 당당히 여기며 부끄러워하는 일이 없어졌다.

우리는 아이들에게 사랑하면 사랑한다는 표현을 하고 좋아한다면 좋아하는 표현을 하라고 가르친다. 스킨십에는 큰돈이 들지 않는다. 스킨십에 약한 부모는 아이를 망칠 수도 있다. 아이 입장에서는 다른 아이만 사랑해주고 칭찬해주는 부모로 보일 수 있기 때문이다.

아이가 정말 잘했고 칭찬받아 마땅하다면 칭찬과 격려를 아끼지 말자. 더 많이 칭찬해주고 어떤 가슴보다 더 따뜻하게 안아주는 것이 부모사랑의 기본이 아닐까 생각한다.

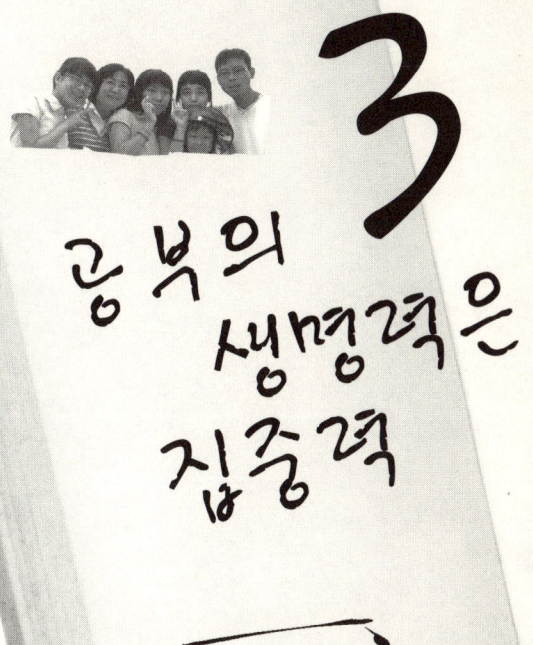

3

공부의
생명력은
집중력

뇌 체조로 집중력을 높여줘라

'건강한 육체에 건강한 정신이 깃든다' 라는 말이 있다. 공부는 육체가 하는 것이 아니라 건강한 뇌가 하는 것이라는 의미일 것이다.

우리는 아이들에게 뇌에 좋은 음식과 뇌를 자극하고 활발히 움직일 수 있는 식단을 짜 뇌를 활성화시키는 데 신경을 썼다.

뇌를 활성화시키는 요리나 열매는 너무나 많다. 음식으로 먹으면 음식일 수밖에 없고, 약으로 먹으면 약이 되는 것이 한의학의 기본원리이다.

평소 우리가 아이들에게 먹인 뇌에 좋은 과일과 음식은 콩과 땅콩, 호두, 자두, 복숭아, 살구, 잣, 밤 같은 열매나 껍질에 싸여 있는 둥근 과일이나 채소 등이다. 사람의 뇌가 해골이라는 껍질에 싸여 있듯이 껍질이나 씨앗에 싸여 있는 것은 거의 다 뇌로 간다고 생각하면 틀리지 않는다.

유난히 주름이 많은 뇌는 기억력이 좋고, 좌뇌, 우뇌가 고르게 발달되어 있다. 반면 좌뇌와 우뇌의 크기가 눈에 띄게 차이 나는 사람은 머리가 둔하다.

우리는 아이들에게 좌뇌와 우뇌의 균형을 비슷하게 맞추는 뇌 체조를 시켰다. 그 중 가장 많이 하였던 뇌 체조 훈련은 누구나 어릴 적 한 번 정도는 재미삼아 해본 놀이이다.

놀이가 아니라 '뇌를 자극시키는 체조'를 한다고 미리 뇌에게 이야기한다. 그 다음 놀이가 아닌 체조로 매일 한다면 뇌는 '우리 주인이 뇌 체조를 하는구나'라고 생각하여 뇌는 그때부터 활성화될 준비를 한다.

첫째, 열 손가락을 이용해서 하는 뇌 체조이다. 엄지, 검지, 중지 순으로 엄지로 누르면서 빠른 속도로 이동 후 다시 새끼 손가락에서 엄지로 이동한다.

손은 아주 정교하게 만들어진 신체 일부분이다. 그만치 손은 많은 감각신경으로 이루어져 있다. 손을 자주 사용하면 치매를 예방하거나 건망증을 줄일 수 있는 것도 뇌를 자극하는 것과 같은 원리이다.

둘째, 왼쪽 손가락을 바닥에 놓고 벌린 후 오른손 검지를 이용하여 엄지, 검지, 중지 순으로 손가락 사이의 빈 공간을 빠른 속도로 순서에 맞게 찍는다. 손가락이 반대로 돌아올 때도 새끼손가락부터 엄지로 돌아온다. 왼손, 오른손을 반복적으로 하는 것이 효율적이다.

셋째, 왼손은 주먹을 쥐고 오른손은 손바닥을 편 상태에서 가슴에 양손을 얹는다. 주먹 쥔 왼손은 가슴을 앞뒤로 치고, 손바닥을 편 오른손은 아래위로 흔들어준다. 이 방법도 양 손을 번갈아가며 빠른 속도로 한다.

넷째, 팔을 앞으로 쭉 편 상태에서 가위, 바위, 보를 하듯 왼손이 가위를 낸다면 오른손은 보나 주먹을 낸다. 빠른 속도로 왼손과 오른손을 번갈아 한다.

다섯째, 오른손잡이면 왼손을 사용해서 과일을 깎고 왼손잡이면 오른손으로 깎는다. 쓰지 않는 손을 사용하면 덜 발달된 뇌를 자극시켜주는 효과가 있다.

여섯째, 일주일에 이틀 정도 왼손잡이면 오른손으로 일기나 독후감을 쓰게 하고 오른손잡이면 왼손으로 쓰게 한다.

손을 자극하는 방법은 일상생활 중에 쉽게 할 수 있으며 무수히 많은 뇌 체조를 만들 수 있다. 양 손을 모두 사용하면 아이들의 뇌는 조화롭게 발달할 것이다.

예전에는 왼손잡이들이 버릇 없거나 가정교육이 잘못되었다고 생각하는 경향이 있었다. 그래서 아이가 왼손잡이면 고치려고 노력하였다. 우리나라가 유교적인 색깔도 강하고 종교적인 색채가 우리들 삶에 자연스럽게 베어버린 까닭이다.

오른손잡이는 왼쪽 뇌가 크고 왼손잡이는 오른쪽 뇌가 큰데, 뇌의 균형이 달라 한쪽 뇌만 발달하는 현상이 나타나는 것이다. 그렇기 때문에 양쪽 뇌가 균형을 이룰 수 있도록 길러주는 것이 뇌 체조의 철칙이다.

균형을 이루지 못하면 한쪽 뇌가 발달하고 한쪽 뇌는 둔해진다. 의학적인 상식이 없어도 주위에서 그런 이야기는 자주 들어보았을 것이다.

뇌 체조의 기본은 왼손잡이는 오른손을 많이 사용하게 하고 오른손잡이는 왼손을 많이 사용하게 하는 것이다. 뇌의 고른 발달은 집중력에 아주 큰 영향을 미친다. 특히 암기과목에서는 탁월한 효과를 보여준다.

뇌도 자극을 주는 정도에 따라 육체와 같이 성장하고 활성화된다. 그리고 뇌의 활성화를 위해 쉽게 할 수 있는 방법은 뇌에 좋은 음식섭취와 뇌 체조이다.

이런 방법이 벌도 주고
집중력도 키워준다

　우리 부부는 아이가 잘못을 했을 때 무작정 벌을 주지 않았다. 대신 30가지 정도의 벌 받는 프로그램을 만들어 집중력도 키우고 체력도 향상시키는 방법으로 꾸짖었다.

　무작정 벌을 준다면 시간도 허비할 뿐더러 아이들에게는 육체적 · 정신적 고통일 뿐이다. 그럴 바에는 정신교육도 시키고 집중력도 키울 수 있는 방법을 모색하다가 스님이나 수행자, 성직자들이 자주 사용하는 종교적인 방법을 교육에 접목해보자는 생각을 하게 되었다.

　그 사람들이 남들은 하지 않는 독특하고 조금은 우스꽝스러운 수련을 통하여 무엇을 얻으려고 하는지에 의문을 갖고 아이들 교육에 접목시키면 아주 좋은 아이템이 나올 거라고 생각한 것이다. 그 결과 뇌 호흡이나 단전호흡, 뇌 체조, 십계명을 만들 수 있었다.

아이들 교육과 접목해보니 아주 특이하면서 집중력에 있어서 놀라운 효과를 보였다. 아이들에게 해본 결과 우리가 했던 집중력 훈련은 어느 특정한 사람이나 어느 특정한 종교를 믿는 사람만이 하는 수련이 절대 아니었다.

집중력 훈련방법은 짧은 시간 안에 효과를 볼 수는 없지만 꾸준한 노력과 인내심을 가지고 한다면 어느 순간부터 놀라운 효과를 경험할 것이다.

첫째, 아이가 앉은 눈높이의 깨끗한 벽면에 볼펜이나 사인펜을 이용하여 점을 하나 찍어두고 가부좌(양반다리) 자세로 앉는다. 그리고 그 점만 바라보는 시간을 5분, 10분, 15분씩 늘려나간다.

이 방법은 몸에 분포되어 있는 모든 감각신경을 점에만 모아서 집중력을 극대화시키는 효과를 발휘한다.

둘째, 어두운 곳에 촛불을 켜두고 가부좌 자세로 촛불만 쳐

다본다. 이 방법은 어둔 곳에서 운동신경이 아닌 몸의 감각신경을 발달시켜 집중력을 높이는 효과가 있다. 맹인이 일반인보다 감각신경이 3배 이상 발달한 것도 그들이 어둠 속에 적응하기 위한 과정의 산물이다.

사람은 움직이게 만들어놓은 동물이기 때문에 움직이지 않고 한 곳만을 생각 없이 응시할 수 있다는 것에 대하여 아주 높은 경지에 오른 수행자처럼 느껴진다. 촛불만 생각 없이, 움직임 없이 볼 수만 있다면 집중력이 아주 높아질 것이라는 생각을 하게 된 것이다.

그래서 우리 아이들뿐만 아니라 학원에서도 집중력이 떨어지는 아이들, 산만한 아이들, 그리고 암기력이 떨어지는 아이들에게 이 방법을 자주 사용해보았다. 그 결과 아이들의 집중력과 산만함이 놀랄 정도로 향상되었다. 물론 촛불을 쳐다볼 때에는 반드시 부모가 뒤에서 지도해주어야 한다.

셋째, 가부좌 자세로 앉아 편안하게 눈을 감고 코로 숨을 쉰다. 이때 코로 들어온 공기가 자신의 뇌를 청소해준다는 생각을 한다. 이 방법은 선이나 명상, 기공을 하는 사람들이 흔히 말하는 뇌 호흡으로, 이를 통해 공부를 해야 한다는 압박감이나 스트레스를 풀어줄 수 있다.

모든 신경성 질병은 뇌에서 시작되므로 이 호흡법을 한다면 육체에도 많은 도움이 된다.

이제까지 이야기한 몇 가지 방법은 어떤 가정에서도 쉽게 할 수 있는 집중력 강화 훈련이다. 나아가 우리 아이들에게 해왔던 잘못하였을 때 벌을 주면서 집중력을 강화시키는 몇 가지 방법을 이야기해볼까 한다.

첫째, 기마 자세를 취한 후 양팔을 앞으로 나란히 한다. 양 팔 위에 가벼운 책이나 공책을 얹어 놓는다. 책이나 공책이 떨어질 경우에는 벌받는 시간을 몇 분씩 늘려 나가는 게 중요하다. 아이가 책이나 공책을 떨어뜨리지 않으려고 양 팔에만 집중함으로써 집중력 향상의 효과가 있는 것이다.

둘째, 세 자매가 쪼그려 앉은 자세로 어깨동무를 한 후 일어났다 앉았다를 반복하며 구호를 외치게 하였다. 청소, 공부, 시험같이 약속된 것을 지키지 않았을 경우에 부모가 구호를 만들어주되 다시는 그런 잘못이 반복되지 않도록 하겠다는 의

미가 담겨있도록 한다.

우리는 아이들이 사소한 일로도 다퉜다면 앉을 때 "우리는"을 외치고, 일어날 때는 "하나다"라고 외치게 했다.

셋째, 만약 아이에게 체벌할 일이 생기면 똑바로 눕게 한 후 발바닥을 때린다. 발바닥을 때리면 오장육부의 혈액순환이 좋아져 야단과 함께 건강도 챙길 수 있다.

우리나라 풍습의 하나인 첫날밤 신랑 친구들이나 처갓집 식구들이 신랑의 발바닥을 때려 혈액순환 계통을 원활히 소통해 주는 것과 같은 원리이다.

또 하나 우리집에서 집중력을 높이기 위한 방법의 하나로 해왔던 것이 새벽공부였다. 우리 몸은 낮에는 운동신경이 발달하고 밤이나 새벽에는 감각신경이 발달한다. 그 이치를 아이들의 학습진작에 활용해본 것이다.

실천하던 초기에는 아이들이 학교에 다니는 관계로 제대로 시키지 못하다가 방학을 이용하여 규칙적으로 시킬 수 있었다. 운동신경이 발달하는 낮보다는 밤에 공부하는 것이 집중력을 높일 수 있겠다는 판단 아래 낮에는 미친 듯이 놀게 하고, 일찍 잠자리에 들게 했다. 그리고 새벽 3시에 깨워 그때부터 공부를 시켰다.

한의학적으로 볼 때 낮에는 양의 기운이 충만하고 밤이 되면 음의 기운이 충만해진다. 그러므로 끈기와 인내심, 집중력을 필요로 하는 공부는 음의 기운이 충만할 때 하는 것이 효율적이다.

그리고 음의 기운이 최고로 충만한 시간이 새벽 3시부터 해가 뜨는 6시로 생각하여 새벽공부를 시켰던 것이다.

앉는 자세를 바로잡아줘라

드라마나 영화 속의 선비들이 공부하는 자세를 보라. 어떤 선비가 눕는다거나 손에 물건을 만진다거나 흐트러진 자세로 책을 읽는가. 그들이 공부할 때 곧은 자세를 한 이유는 몸에 기운이 잘 돌게 해 집중력을 향상시키기 위함이었다.

어릴 때부터 곧은 자세로 앉는 것을 지도해주면 집중력에서 탁월한 효과를 볼 수 있다.

학원생 중에 허리를 꼿꼿이 펴지 않고 앉는 아이들을 보면 암기과목에서 눈에 띌 정도로 학습 집중도가 떨어진다. 그러므로 앉는 자세부터 고쳐주어야 아이들에게 집중력 있는 공부를 바랄 수 있다.

빈희는 의자에 앉는 자세가 몹시 나빴다. 밥 먹을 때나 공부할 때마다 혼을 내곤 했지만 빈희는 그럴 때마다 곧게 펴고 앉으면 허리가 더 아파 불편하다고 하였다.

계속 혼이 나도 자세가 교정되지 않아 결국 아버지에게 허리뼈를 교정해주는 치료를 받았다. 교정 치료는 특별히 어려울게 없어 누구나 집에서 쉽게 할 수 있다.

약간 두꺼운 이불을 깔고 이불 위에 아이를 눕게 한다. 베이비오일을 이용하여 등뼈를 천천히 눌러주면서 위에서 아래로 내려온다.

위에서 아래로 몇 번 반복 후 등뼈 마디마디를 양쪽 엄지손가락을 이용하여 아래에서 위로 살짝 들어준다는 느낌으로 4-5회 정도 마사지해준다.

이렇게 일주일 간격으로 2-3회 정도 등뼈 마사지를 해주면 한결 등이 가벼워지고 허리를 펴고 앉는 자세도 좋아진다.

암기과목은
기억영상법을 활용하라

    말로써 공부를 가르치는 것보다 머리에 더 쏙쏙 들어오는 방법은 영상이라는 가상현실을 만들어 머릿속에 넣고 기억을 통하여 끄집어내는 암기공부법이다.

    처음에 아이들은 기억영상법이 무슨 말인지, 어떤 도움을 주는지 이해가 잘 가지 않는다는 눈치였다. 그래서 우리는 비디오 가게에서 '오세암'이라는 비디오 테이프를 빌려왔다. 비디오 테이프를 다 본 후 1명씩 이야기를 설명해보라고 하였다.

    "다섯 살 난 어린 아이가 눈을 다쳐 장애인이 되고 장애인이 된 남동생을 누나가 돌보아주는 모습이 너무 슬퍼요."

    아이들은 이렇게 입을 모은 후 눈물을 글썽거렸다.

"영화를 본 후 몇 시간이 지나도 영화를 보는 것처럼 이야기할 수 있는 것도 이미 보았던 것을 뇌에서 현재 비디오를 보는 것처럼 영상을 만들어주기 때문이야."

이야기를 듣고 나자 아이들은 기억영상법에 대하여 조금 이해하는 눈치였다.

교과서에서 이순신 장군이 거북선을 만들어 적을 물리치는 장면을 읽었다면 잊어버리기도 쉽고 그때 당시의 흥분도 덜할 것이다.

하지만 기억영상법으로 공부를 한다고 해보자. 머릿속에 가상의 이순신 장군을 만들고 혼자만의 거북선을 만들어 외적을 물리치는 것을 상상해보는 것이다. 그러면 나중에는 이순신 이야기만 나와도 머릿속에 만들어놓은 영상이 영화처럼 눈앞에 펼쳐진다.

감동 깊게 본 영화나 드라마가 몇 년이 지나도 머릿속에 남아 있는 이유는 뇌가 감동이라는 영상을 보았기 때문이다. 이것을 암기과목에 응용하는 것이다.

기억영상법으로 외운 학습은 몇 년이 지난 후에도 언제든 떠오를 것이다. 너무 어렵게 생각한다면 자녀교육은 한없이 어려운 것이 되고 그렇다고 너무 쉽게 생각한다면 교육에 철학이 없어진다.

어른이나 아이 할 것 없이 자신의 기억력이나 집중력이 사라지는 것에 대하여 두려움을 느낀다. 그러나 나이가 들수록 건망증이 심해져 자주 깜박하고, 손에 물건을 들고도 그것을 찾곤 한다.

아이들이 암기과목에서 암기를 못하는 것은 손에 든 물건을 잃는 것이나 별반 차이가 없다. 기억력이 쇠퇴하는 것은 뇌의 노화현상이고, 아이들의 집중력이 떨어지는 것은 뇌의 성장이 미진하기 때문이다. 그렇기 때문에 아이들이 암기력이 떨어진다고 야단치는 것은 잘못된 일이다. 뇌의 성장력이 다른 아이들과 다른 것이 부모의 잘못이지 아이들의 죄는 아니기 때문이다.

뇌의 노화가 찾아온 주부라면 영화나 드라마 시나리오 작가처럼 상상을 하며 행동하면 효과가 있다. 손에 걸레를 들고 있다면 걸레를 들고 있는 자기 모습을 만들고 그 걸레를 들고 방을 닦을 것인지 거실을 닦을 것인지 머릿속에 영상을 떠올린다. 그 다음에 행동으로 옮겼을 때 걸레가 손에서 사라지더라도 그 영상을 따라서 추적해본다면 어디에서 걸레가 사라졌는지 영화처럼 필름이 돌아갈 것이다.

제대로 영상을 만든 사람이라면 금방 그 걸레를 찾아낼 것이고, 영상을 제대로 만들지 못한 사람이라면 드문드문 기억날 것이다. 그런 식으로 건망증을 극복하다 보면 한 달 후, 일년 후에는 뇌가 알아서 영상으로 기억해준다.

몸에서 최고로 중요한 것은 어떻게 습관을 만들어 두느냐에 초점을 두어야 한다. 하루 세 끼를 매일같이 먹었던 몸이라면 밥 먹어야 하는 시간에 몸이 알람시계처럼 알려주듯, 기억영상법 같은 좋은 습관을 만들어두면 암기과목에 탁월한 효과를 볼 수 있다.

기억영상법 또한 하루아침에 되는 것은 아니지만 꾸준한 노력으로 습관을 들이다 보면 누구나 가능하다. 사랑하는 아이들을 위하여 그 정도의 노력과 시간은 투자해야 되는 것이 참부모로서의 도리라고 생각한다.

영상이란 한번 만들기가 어렵지만 일단 만드는 방법만 알면 그때부터는 뇌가 알아서 영상을 만들어주기 때문에 암기과목이 너무나 쉬워진다. 기억영상법은 한번 꾸준한 노력과 시간을 투자해서 해볼 만한 집중력 강화 프로그램이다.

몸과 마음을 깨끗하게 다스리면
인생의 철학이 생긴다

몸과 마음은 절대적으로 분리될 수 없는 관계이다. 깨끗한 몸에 맑은 정신이 깃들듯 아이들에게 자신의 육체가 얼마나 소중한 것인가를 가르쳐주는 것도 부모의 몫이다.

수억 만 개의 정자와 난자가 만나서 사랑스러운 우리의 아이가 태어난다. 그런 어마어마한 경쟁을 뚫고 태어난 자기 자식인데 어찌 소중히 하지 않을 수 있겠는가.

우리 부부는 성교육도 교육의 아주 중요한 분야라고 생각했다. 남아선호 사상이 아주 강한 대한민국에서는 확실한 성교육이 더욱 더 필요하다고 생각하였다.

성행위나 원조교제가 너무 빈번하게 일어나고 도덕윤리가

붕괴되는 요즘이라 아이들의 성교육이 매우 중요하다고 본 것이다. 언론이나 기타 매체를 통하여 너무 문란해진 사회를 보면 어두운 일면만 보고 너무 민감한 게 아닌가 하는 생각도 해보았지만 사춘기 소녀를 3명이나 두다 보니 성문제가 민감한 사안일 수밖에 없었다.

우리는 아이들과 성과 관련해 많은 대화를 나누려고 해왔다. 그리고 딸들에게는 아버지가, 남자인 태성이에게는 엄마가 시키기로 하였다.

딸들에게 여자 아이들의 신체에 관한 이야기도 해주지만 더욱 신경썼던 것은 남자의 심리에 대한 이야기이다. 남자이기도 한 아버지가 남자들의 심리에 대해 더 많은 이야기를 해주어야 아이들의 남자 보는 눈이 정확해진다고 믿었다.

신체구조나 생리, 난자수가 몇 개인지는 중요하지 않다. 그런 것들은 전문기관이나 타교육을 통해서도 얼마든지 배울 수 있다. 요즘 궁금하거나 모르는 것들을 인터넷으로 검색해보면 안 나오는 답변이 있겠는가?

하지만 현실교육과 타교육이나 사이버교육들은 가정교육만큼 절대 도움을 주지 못한다. 그 중에서도 성교육은 절대적으로 가정교육이 밑바탕에 깔려 있어야 한다.

그래서 우리는 아이들의 성교육에는 아이들이 이해할 수 있거나 토론할 수 있는 범위까지 접근하고 싶었다. 감추고 피하기보다 되도록 자연스럽게 이야기했다.

우리집에서는 딸들의 얼굴색이 안 좋거나 심리적으로 불안정해 보일 때, 피곤해할 때, 화장실에서 오랜 시간을 보낼 때는 이렇게 말하곤 한다.

"빈희야, 빨갱이 쳐들어왔니? 왜 인상을 쓰는 거야?"

"아빠, 케찹이 자꾸 쏟아져요. 배가 아픈데 저 오늘 설거지 좀 빼주세요. 엄마……."

생리 때는 신경이 예민해지거나 생리통이 올 수도 있어 그 아이는 모든 일에서 예외되거나 배려해준다.

우리는 3명의 딸에게 세상의 주인공은 '자기 자신'이라는 말을 늘상 강조하곤 했다. 세상이 존재하고 세상이 돌아가는 이유는 내가 있기 때문이라고 강조하였다.

내가 없으면 세상도 부모도 가족도 필요없는 것이고, 내가 있기 때문에 부모도 가족도 세상도 돌아가는 것이다. 고로 나는 세상의 주인이고 주인이 더럽힌 세상은 절대 깨끗할 수 없다고 얘기했다.

빈희, 정인이, 다빈이가 모래알보다 많은 세상 사람들 중 유일 무일한 1명인 만큼 소중한 존재가 없다고 가르쳤다.

엄마의 몸을 빌리고 아버지의 피를 받아서 선택받아 태어날 수 있었다는 것은 아이들이나 부모에게는 행운이 아니겠는가? 그런 선택받은 사람이라는 것을 이해한다면 아이들이 함부로 자신의 몸이나 마음을 학대하진 않을 것이다. 자신들도 나중에는 아이를 낳는 아름다운 엄마로 거듭날 것인데 자신의 몸이나 마음을 더럽히며 자식을 키우는 어리석은 부모가 되어서는 안 된다는 것을 가르쳤다.

전문가에 의한 성교육보다는 가정에서의 성교육이 훨씬 더 효과적이라는 생각이다. 아이들이 자신의 몸과 마음이 소중하다는 것을 느끼면 소중하게 간직하고 보살필 텐데 뭘 그렇게 어렵게 성교육을 시키는지 지금도 이해할 수 없다.

아이들에게 자기 자신이 소중하다고 느끼게 해주면 자신이 얼마나 위대한 존재인지, 또 얼마나 가치 있는 존재인지 스스로 깨닫게 되어 있다.

비록 우리가 이혼을 하고 재혼을 통해 한가족이 됨으로써 피를 물려주지는 못하였지만 정신만큼은 친부모 이상의 것을 주려고 노력한다.

아이들은 부모가 믿어주지 않고 사랑으로 감싸주지 않으면 자기 자신과 자기 신체를 학대할 것이다.

우리 부부는 사랑한다는 말과 스킨십, 감싸주는 마음이야말로 아이들이 소중하고 귀하게 자라게 해주는 영양분이라는 것을 매일같이 마음속에 새긴다.

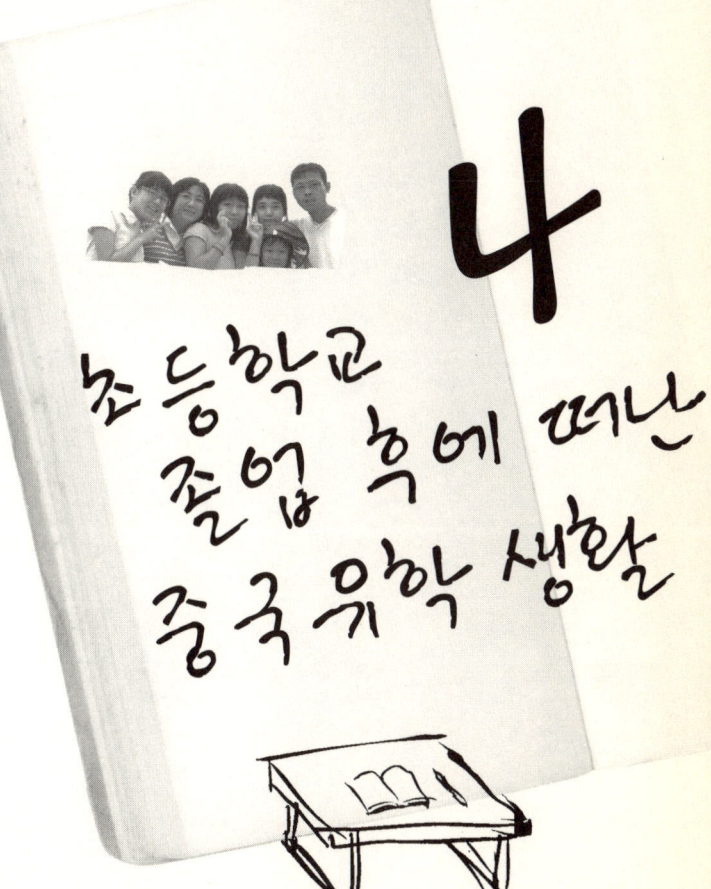

4

초등학교
졸업 후에 떠난
중국 유학 생활

마침내 중국유학을 결정하다

두 가족이 자연스럽게 한가족을 꾸리기는 했지만 완전히 하나로 거듭나기까지는 쉽지 않았다. 빈희, 정인이, 다빈이는 또래아이들이라 융화하는 과정에서 너무나 힘들어했고, 각자 헛돈다는 생각을 자주 하게 되었다.

어떻게 하면 가족이 융합하여 재미있게 살 수 있을까를 항상 고심하던 중 다른 병원으로부터 남편에게 아주 좋은 조건으로 스카우트 제의가 들어왔다. 그 병원과 근무기간을 타협하던 중에 최종적으로 3년으로 결정을 내렸다.

충주로 오는 차 안에서 너무 많은 생각들이 스쳐 지나갔다. 우리는 3년을 그냥 평범한 직장 생활을 하며 아이들도 평범하게 키울 것인지, 아니면 아이들에게 더 넓은 세상을 보여주고 더 많은 기회를 제공해줄 것인지에 대해 상의하였다.

우리 부부는 아이들이 서로를 좀더 사랑하며 하루라도 빨리 아픈 기억에서 빠져나와서 마음의 안정을 찾기를 바랐다. 그리고 얼굴에는 항상 해맑은 미소를 띠고 있는 아이들이 보고 싶었다. 항상 그늘진 얼굴의 아이들을 볼 때마다 우리는 마음이 너무나 아팠다.

그래서 결국 아는 사람 하나 없는 타국에 가서 서로 융화하여 진정한 가족으로 다시 태어났으면 하는 바람으로 중국이라는 나라를 정하게 되었다.

여러 나라 중에서 굳이 중국을 선택한 이유는 첫째, 중국이 앞으로 아시아를 지배할 나라로 생각되었고 둘째로는 넓은 대륙과 다양한 문화 속에서 다양한 삶을 아이들에게 보여줄 수 있다는 매력이 있었기 때문이다.

셋째는 우리나라가 한자권 문화의 중심에 있는 나라이므로 중국어는 아이들에게 또 하나의 새로운 무기가 되리라는 확신 때문이었다.

우리는 많은 상의와 대화 끝에 아이들에게 중국유학을 조심

스럽게 이야기하였다. 아이들이 당황하지 않을까 걱정했는데
놀랍게도 일제히 환호성을 지르며 뛸듯이 기뻐하였다.

중국어까지 직접 가르치다

예상과는 달리 아이들이 너무 좋아하여 중국으로의 유학길은 생각보다 쉽고 빨리 오를 수 있었다. 우여곡절끝에 마침내 중국 길림성 연길에 도착하였다.

중국 연길을 택한 것은 조선자치주라는 이점이 있어 중국어와 조선말을 동시에 사용하는 곳이라 한국 사람도 큰 어려움 없이 살 수 있었기 때문이다. 아이들도 중국어만 사용하는 곳으로 갔다면 더 혼란스러워할 것이고 60~70년대의 한국과 별반 다르지 않은 연길에 잘 적응 할 거라는 생각도 한몫했다.

자그마한 아파트를 구한 다음으로 할 일은 아이들을 학교에 보내는 일이었다. 연길에도 한국인 학교가 있었지만 한국인이 있는 학교는 피하고 완전 한족만 들어갈 수 있는 학교를 물색하였다. 마침내 연길시 리화소학교를 3명 모두 졸업하는 조건으로 학비를 전액 지불한 후 입학을 시켰다.

이때부터 본격적인 유학생활이 시작되어 집중력 교육, 정신력 강화 훈련, 십계명, 뇌 체조, 단전호흡을 체계적으로 실시했다.

중국어가 급선무였기 때문에 중국어 과외선생님부터 구하였다. 사람들의 소개를 받아 컴퓨터를 전공하는 조선족 24살 청년을 중국어 과외선생님으로 고용하였다. 중국어를 할 줄 모르는 우리 부부로서는 집중력과 뇌 체조, 단전호흡, 가정교육만 하였지 직접적으로 중국어 가르치는 일은 할 수가 없었다.

그렇게 시간이 흘러흘러 중국에 온 지 6개월이 넘어섰을 때였다. 우연찮게 연길시의 전체 소학교들이 함께 벌이는 잔치 행사에 가게 되었다.

우리 부부는 별 생각 없이 그 동안 학교생활과 중국어 수업이 잘되는 걸로만 알고 아이들의 사진을 찍어주러 비디오카메라를 들고 갔다.

그런데 아이들 담임으로부터 수업을 할 수 없을 만큼 아이들이 학교에서 잠만 잔다는 황당한 소리를 들었다. 그때 우리는 위탁교육에만 의지해 아이들을 맡긴 게 잘못이었다는 후회가 절실히 밀려왔다.

그렇게 황당한 일을 겪고 집으로 돌아온 그날 저녁, 아이들을 불러 모아 왜 학교에 가서 잠만 자는지를 추궁하였다. 그러자 아이들은 이구동성으로 이렇게 말했다.

"중국어는 성조가 심해서 자장가처럼 들려요."

우리 부부는 그 말에 어느 정도 공감할 수 있었다. 우리도 중국인들이 많이 모인 곳에 갈 때면 그들이 싸우는 거라고 자주 오해하곤 했기 때문이다. 그때 아이들 중국어도 우리가 직접 가르쳐야겠다고 결심했다.

처음에는 욕심만 앞서고 어떻게 중국어를 가르칠까 밤잠을 설쳐가며 고민한 끝에 여러 나라 유학을 통해서 얻은 노하우를 활용하는 게 좋겠다는 생각이 들었다.

중국어는 외국어이므로 중국에서 30년을 살았다 하여도 현지인들이 내 발음을 들었을 때는 외국인이라는 것이 표시가 날 것이다. 아무리 잘하려고 해도 혀의 구조상 현지인처럼 한다는 것은 불가능한 일이다.

그런 생각 끝에 아이들에게 짜깁기 중국어를 가르칠 생각으로 단어 위주의 공부를 시켰다. 단어 위주의 공부를 하면 완벽하지는 못해도 그나마 의사소통은 가능하기 때문이다.

그 다음에 한 것은 24시간 중국어 방송 청취였다. 무슨 방송이든 중국어만 나오면 잠들 때까지 무조건 듣게 만들었다. 귀가 열리지 않으면 절대 말할 수 없고, 말을 할 수 없으면 절대로 글자를 쓸 수 없다.

한글도 귀가 열리고 입이 열려야 쓸 수 있듯이 외국어도 이 방법 외에는 별다른 특별한 방법이 없다고 본다. 하루에 20단어씩 외우게 하였고, 그때그때 커트라인을 정해주었다. 3개를 틀려도 될 때가 있었고 어떤 때는 6개까지 봐줄 때도 있었다.

그러던 어느 날 우리 부부가 외출했다가 집으로 돌아오니 아이들이 텔레비전 앞에서 훌쩍거리며 울고 있었다.

우리는 깜짝 놀라 왜 우느냐고 물었다.

"우리집처럼 재혼한 가정이 있는데 새 아빠는 아이와 잘 사는데 자꾸 옛날 아빠가 찾아와서 행패를 부려요. 새 아빠가 된 사람을 아이가 보는 앞에서 때려서 아이가 속상해서 울어요. 저 아이가 너무 불쌍해요."

다빈이가 울먹거리며 자초지종을 설명했다.

"엄마, 아빠가 그토록 한국 드라마를 보지 말라고 했건만 자꾸 볼래?"

"저 드라마 한국 드라마 아니에요. 중국 어린이 드라마예요."

정인이와 빈희는 억울한 듯이 동시에 대답하였다.

그 이야기에 깜짝 놀란 우리는 그제서야 중국어에 아이들의 귀가 열렸다는 사실을 알게 되었다.

우리가 중국어를 가르치고 4개월이 지난 후 아이들이 중국친구를 데리고 집으로 놀러왔다. 그때 아이들이 별다른 어려움 없이 대화하는 것을 보고 언제부터 중국친구와 대화할 수 있었느냐고 물어보았다. 그러자 아이들은 자신들도 모르게 어느 날부터 중국친구의 이야기가 이해되고 학교에서도 선생님과 대화로 수업을 따라 갈 수 있었다고 말하였다.

아이들도 그렇게 변한 자신들을 보며 놀라워했다. 그때부터 우리 부부의 교육은 순풍에 돛 단듯 일사천리로 진행되었다.

5

아빠 빠꾸기의
신명부지교
10계명

나라사랑하는 마음을
항상 품고 살게 하라

우리 가족은 필요에 의하여 중국이라는 남의 나라에 가게 되었다. 그래서 더욱더 나라 사랑을 강조할 수밖에 없는 처지였다. 우리 아이들이 한국을 잊어간다면 그 또한 얼마나 슬픈 일이겠는가 싶어 나라 사랑을 강조할 수밖에 없었다.

아이들이 특별하게 나라를 위하여 충성하거나 나라를 위하여 목숨을 바쳐야 한다는 건 아니지만 그래도 대한민국에서 태어나 대한민국 사람으로 살 수 있는 것에 대해 감사하게끔 만들고 싶었다.

중국에 몰래 숨어 사는 탈북자나 중국의 빈민층 사람들과 많이 어울리게 하여 아이들에게 나라 사랑하는 마음을 길러주려고 했다. 북한을 탈출한 탈북자들이 얼마나 어렵게 살고 굶주림과 헐벗음이 무엇이며 가족의 사랑이 얼마나 소중한 것인가를 아이들에게 조금이나마 가르쳐주고 싶었다.

대한민국이라는 나라에 태어날 수 있는 것도 큰 행운이고 대한민국 사람이 중국이라는 남의 나라에서 살아보는 것도 아이들에게는 좋은 추억이고 또 다른 기회가 될 수 있다는 것을 감사히 생각하라고 이야기하였다.

나는 연길에 사는 동안 용정이나 도문 등의 산골로 무료진료를 다니곤 했다. 그럴 때 아이들과 함께 간 적이 많았다. 몸이 아픈 것도 서러운데 돈이 없어 치료를 받지 못하는 환자들을 보며 뭔가를 느끼게 하도록 위해서였다. 그 사람들의 힘든 삶을 통해 대한민국이라는 나라에 태어난 것에 대해서 감사하는 마음을 품게끔 해주고 싶었던 것이다.

우리가 중국에 있을 때 2002년 월드컵이 한국에서 개최되었다. 그때 우리 집에는 인공위성이 없었기 때문에 한국의 사정이나 경기내용을 볼 수는 없었다. 그때 집집마다 조선족들이 환호하며 응원하는 소리를 들으며 그래도 같은 핏줄인 동포라는 생각을 혼자 문득 하게 되었다.

우리 아이들도 언젠가 어른이 되었을 때 중국이 아닌 또 다른 나라로 유학을 가거나 시집을 갈 수도 있다. 어떤 나라에 어떤 모습으로 가게 되어도 나라 사랑하는 마음과 한국에 태어난 것에 감사하며 살아가길 바란다.

대한민국이 있음으로써 우리가 편안하게 살 수 있듯이 대한민국을 가슴속으로나마 사랑하는 것이 우리나라를 위하여 목숨 바친 독립투사들이나 많은 유공자들의 얼을 기리는 것이 아닐까 생각한다.

부모에게 효도하는 것을 가르쳐라

자식된 자라면 누구나 부모님에게 효도해야 된다고 생각할 것이다. 하지만 하루를 바쁘게 살아가야 하는 각박한 현실이다 보니 부모님에 대한 공경과 존경하는 마음이 많이 퇴색된 게 사실이다. 그래서 나는 우리 아이들에게 더욱더 효도를 강조한다. 효가 사람 노릇하는 근본이라고 가르친다.

어릴 적 나는 주위 어른들에게 '효자 나오는 집에 효자 나오고, 불효자 나오는 집에 불효자식 나온다' 는 소리를 듣곤 하였다. 그때는 그 말의 뜻도 몰랐고 효가 어떻게 하는 것인지도 어려서 몰랐다.

하지만 어른이 된 지금 나도 자식을 낳고 키워보니 그 말에

100% 동감하며 말뿐 아닌 행동으로 효를 실천해야겠다는 생각을 자주 하곤 한다. 그래서 아이들이 버릇 없거나 거친 행동을 보일 때면 이렇게 묻곤 한다.

"나쁜 말이나 거친 행동을 했을 때 너희들을 욕하겠느냐, 아니면 너희 엄마, 아빠를 욕하겠느냐?"

그럴 때마다 우리 아이들은 이구동성으로 이렇게 대답했다.

"부모님을 욕할 것 같아요."

나는 아이들에게 효는 물질로 하는 것이 아니고, 밖에서 부모님 욕을 듣지 않도록 하는 것도 하나의 효도라고 얘기하곤 했다.

그리고 효는 대물림하는 것이라고 생각한다. 내가 효자 노릇을 하지 않고 부모님에게 효를 행하지도 않으면서 자식에게만 요구한다면 그것은 자기만의 욕심일 것이다. 아이들도 생각이 있고 눈이 있는데 부모가 하지 않은 효도를 강요하면 어떤 자식이 그 효를 받아들이겠는가?

아이들은 부모의 스승이자 때에 따라서는 감시자도 될 수 있다. 한 번씩 대화를 통해서 아이들에게 나의 문제점과 고쳐야 될 점을 물어보면 아내보다도 정확히 알고 있을 때가 있다. 그럴 때마다 아이들 눈이 무섭다는 생각을 하며 효는 강요나 협박에 의해서 되는 것이 아니라는 생각을 한다.

정말 자녀를 효자, 효녀로 만들고 싶다면 부모가 먼저 효를 행함으로써 모범을 보여줘야 할 것이다. 나이가 들어 자식에게 천대받거나 학대받는 이야기를 접할 때마다 그 부모가 효를 잘못 가르쳤기 때문에 그런 자식이 만들어진 게 아닌가 하는 생각을 하였다.

내 아이들이 효를 행할지는 나도 장담할 수 없다. 효를 행하고 행하지 않고는 아이들이 알아서 할 문제고, 나는 부모로서 효에 대해 스스로 행하며 가르쳐줄 뿐이다. 대가나 결과물을 바라고 효를 시킨다면 후회도 그만큼 클 것이다. 효에 있어서 만큼은 부모의 마음으로 가르칠 뿐이고 좋은 결과물은 자식의 몫일 것이다.

어떤 부모가 아이들을 잘못 가르치겠는가 할 것이다. 그러나 아이들이 부모의 효의 가르침을 받아주지 않는다고 쉽게 포기해서는 안 된다고 생각한다. 끊임없는 모범과 행동으로 효를 보여준다면 아이들도 분명히 부모에게 효를 행할 것이다.

존경받을 수 있는 아버지가 되자

이혼하기 전까지는 그 집안의 가장이 성공하면 아이들 행복도 자연스럽게 따라올 것이라고 생각하였다. 하지만 이혼을 해보니 그런 생각은 나만의 착각이었고, 이혼을 통해서 깨달은 사실은 진짜 피해자는 아이들이라는 것이었다.

그동안 아이들에게 아버지로서 권위의식만 내세웠지 존경받을 만한 행동을 한 기억이 없다는 생각에 너무나 마음 아팠다.

우리나라는 예부터 남자의 권위의식이 강해서 부엌에 들어가서도 안 되었고, 심지어는 식사 때에도 여자와 겸상하는 것조차 꺼려하였다. 나도 어릴 적에는 그런 분위기 속에서 교육받았고 아버지로서의 권위의식과 집안에서 무시당하면 안 된다는 생각으로 살았다.

권위의식과 존경하는 마음은 따져보면 종이 한 장 차이지만 경험하는 가족들에겐 큰 차이가 있을 수밖에 없다. 권위의식은 가정에서 아버지의 말은 곧 법이며 반대하는 의견이 있을 수 없다.

반대로 존경하는 마음은 강요가 아닌 가슴 깊은 곳에서 자연스럽게 우러나와 그 사람을 인생의 모델로 삼아 닮아가고 싶다는 점에서 보면 큰 차이를 보인다.

존경받는다는 것은 참으로 많은 노력이 필요하지만, 존경할 만한 행동을 한다면 아이들은 아버지를 믿고 아버지 같은 어른이 되기 위해 노력할 것이다.

중국에서 가난하고 소외된 계층들이 모여 사는 곳으로 무료 진료를 다닐 때 나는 진료하고 아이들에게 보조 간호사 역할을 시켰다. 그러다 보니 아이들에게는 굳이 말하지 않아도 자연스레 불쌍한 사람들을 돕는 마음이 생겨났고 다음에 갈 때는 돈을 거두어 그 사람들에게 필요한 생필품과 약재를 사가자고 제안하기도 하였다.

주말마다 봉사하러 가는 생활이 일년 가까이 되었을 때 아이들에게 하나씩 꿈을 정하도록 이야기한 적이 있다. 세 딸의 꿈은 각각 달랐지만 공통적으로 똑같이 한 생각은 강자보다는 약자 편에 서서 살아가고 싶다는 것이었다.

그 사람들도 우리 가족이 힘든 일이나 중국의 법을 몰라 비자 문제로 고생하고 있을 때 가족의 일처럼 도와주었고, 그 사람들의 도움으로 무사히 유학도 마칠 수 있었다.

사람 사는 이치는 부메랑 현상처럼 좋은 일을 행한 사람은 좋은 일로 대가를 받고, 나쁜 일을 행한 사람은 나쁜 일로 대가를 받는다는 교훈을 아이들에게 심어줄 수 있었다.

요즘은 초등학교 2~3학년 정도면 휴대폰을 가지고 다니는 것을 흔히 볼 수 있다. 얼마 전 길을 가다가 한 아이가 휴대폰 통화를 하는 것을 우연히 듣게 되었다.

"아빠, 어디야? 밥은 먹었어? 언제 집에 와? 집에 올 때 빈손으로 오면 죽어!"

아이는 아버지하고 정다운 대화를 하는 듯 보였다. 하지만 한마디 타일렀다.

"아버지와 얘기할 때는 존댓말을 써야지. 아버지가 네 친구도 아니고 네 동생도 아닐 텐데 반말로 버릇 없이 하면 안 되지."

그러자 아이는 "아저씨가 뭔데 상관이야"라며 도망치듯 달려
갔다.

달려가는 아이의 뒷모습을 보고 있던 나는 기분이 참 묘했
다. 집에 돌아와서 아이들에게 그 일을 이야기했더니 큰 딸 빈
희가 방방 뛰며 흥분하였다.

"아빠, 요즘 애들이 다 그래요. 혼자 크고 해달라는 것 다 해
주어선지 자기 자신밖에 몰라요. 휴대폰도 일찍 사주고 용돈도
우리보다도 많고 돈도 아끼지 않고 마구 쓰는 초등학생들도 많
아요. 그러면서도 부모에게 효도는커녕 감사하는 마음조차 없
는걸요.

중국이나 한국이나 자식이 1명이나 2명밖에 없으니 부모들
이 너무 오냐오냐 키워서 아이들이 더 버릇 없는 것 같아요 그
래도 우리는 집에 있을 때보다 밖에 나가서 더 조심스레 행동
하고 말 같은 것도 함부로 하지 않아요. 우리가 생각 없이 행동
하면 다 부모님들 욕 먹이는 행동이니 조심해요.

그리고 중국에 있을 때 학교에서 존경하는 사람의 이름을 적
어 낼 때도 우리는 약속이라도 한듯 똑같이 우리 부모님이라고
적었던 적도 있어요."

빈희의 말에 내가 아이들에게 그나마 존경받고 있다는 생각을 하게 되었다.

아이들에게 존경받는 아버지가 되고 싶다면 말보다는 일관성 있는 행동으로 모범을 보여주고 아이들과 시간이 날 때마다 봉사활동도 권해보고 싶다.

남을 위해서 봉사할 수 있다는 것도 우리에게 또 하나의 축복이 아니겠는가?

매를 아끼지 마라

나는 60년대와 70년대의 선생님들을 존경하는 사람이다. 우리의 옛 기억을 떠올려보면 스승의 그림자는 밟지도 않는다고 하였다.

하지만 요즘 교육현실을 보라. 선생님은 자기가 가르치는 제자가 무서워 소신 있게 교육시키지 못하고, 심지어 매라도 들면 휴대폰으로 동영상을 찍어 선생님을 고발하기까지 한다.

그런 뉴스를 접할 때마다 나는 우리 아이들에게 대안교육을 시킨 것을 다행으로 생각한다. 어느 날부터인가 뉴스나 신문, 인터넷을 통하여 오늘날의 교육이 너무 밑바닥을 걸어가는 것이 아닐까 하는 생각을 하곤 한다.

우리가 초등학교(국민학교)에 다닐 때만 해도 공부 못하는 나도 선생님을 존경하였다. 선생님이 가정방문을 하시는 날은 집안 대청소의 날이었고, 선생님에게 대접하기 위해 음식을 정성껏 장만해 마치 누구의 생일날 같았다. 그런데 어쩌다가 우리 교육이 이 지경까지 왔는지 잘 모르겠다.

하지만 1명의 잘못으로 현재의 교육이 이렇게까지 잘못되지는 않았을 것이다. 하지만 현재의 교육을 탓하기 전에 선생님은 학생들을 사랑하고, 학생들은 선생님을 신뢰한다면 학교가 배움의 터전으로 거듭날 수 있을 것이다.

중국유학을 가기 전 나는 아이들에게 이런 다짐을 했었다.

"너희들이 중국유학을 갔을 때 잘못하거나 서로 약속한 것을 지키지 않을 시에는 내가 체벌을 하거나 벌을 주어도 불만을 품지 말고 잘 따라오길 바란다. 하지만 너희들이 중국생활을 잘한다면 야단맞을 일과 매맞을 일이 있겠니?

만약 너희들이 잘못했거나 왜 약속을 안 지켰느냐고 물었을 때 어른의 생각으로 명확한 답이 될 경우는 절대로 체벌하지 않겠다. 이 약속을 지킬 자신이 없는 사람은 맘 편하게 한국에 남아라. 중국에 가서 따라오지도 못할 교육을 힘들게 할 바에는 한국에서 편하게 교육 받아라."

꼭 아이들을 때리면서 키울 필요는 없다. 하지만 사람은 완벽할 수 없듯이 어느 정도의 체벌과 벌은 있어야 한다고 본다. 나는 아이들에게 이런 말을 자주 한다.

"말에게 당근을 너무 많이 주면 살이 쪄서 달릴 수가 없고 말에게 채찍을 너무 가하면 언젠가는 주인이 무서워 도망칠 것이야."

이 말은 어른이면 누구나 한번쯤은 들어보았을 것이다. 벌과 상은 분명해야 하되 일관성 있어야 하며, 서로의 약속을 지키는 것이 참부모로서의 역할이라고 생각한다.

약속을 지키지 못하였을 때 10대를 때린다고 이야기하고는 가슴이 아파 중도에 매를 놓는 일이 적잖이 있었을 것이다. 하지만 그런 일관성 없는 태도는 결코 아이들을 위하여 좋은 방법이 아니다.

만약 10대를 채우지 않는다면 아이들은 다음에도 때리다가 어느 정도에서 그만두겠지 하는 교만한 생각을 한다. 그리고 어른이 되었을 때 10대를 채우지 못한 교육으로 사회에서 더 큰 상처를 받을 수 있다고 생각한다. 그러므로 10대를 채워서 나쁜 것을 고쳐주는 것이 참부모로서의 행동이 아닐까?

중국에 있을 때 커트라인을 정해두고 아이들에게 중국어를 가르치곤 하였다. 시험을 봐서 3명 모두 통과하였을 때에는 상을 주었고 1명이라도 커트라인에 걸리는 사람이 있을 때에는 동시에 벌을 주었다. 형제간에 우애 있게 키우고 싶었고 잘하는 아이가 못하는 아이를 가르쳐주면서 합심하는 마음이 중요하다는 것을 가르치기 위해서였다.

그러던 어느 날, 빈희는 100점, 정인이는 95점, 다빈이는 75점을 맞았고 약속대로 다빈이가 통과하지 못해서 3명 모두 벌을 받게 되었다. 그때 빈희가 울면서 하소연했다.

"아빠, 저와 정인이는 점수도 잘 나왔는데 칭찬은 못 받더라도 벌을 받는다면 우리 둘은 얼마나 억울한지 한번이라도 생각해보신 적 있어요? 다빈이가 못한 걸 왜 우리 둘이가 같이 벌을 받아야 하나요?"

"지금 벌 받은 고통은 한 시간이나 두 시간이 지나면 사라지지만 너희들을 벌 준 기억은 내가 죽는 날까지 잊혀지지 않을 것이다. 어떤 사람이 더 고통스럽겠냐? 너희들도 결혼해서 네 자식들이 형제간에 우애 있지 못하고 서로 돕는 마음이 없다면 부모로서 그들을 야단치지 않겠니?"

　이 말을 하고 있는 내 눈가에 눈물이 서렸다. 아버지의 눈물을 본 아이들은 많이 놀라는 눈치였고, 그 이후 지금까지 아이들이 대드는 일은 두 번 다시 없었다.

　돌이켜보면 그 방법을 택한 것은 아주 잘된 선택이었고, 지금은 서로를 잘 배려하며 가족간의 정도 훨씬 더 끈끈해진 모습이다.

색깔 있는 사람으로 만들어줘라

요즘에는 자식을 많이 낳지 않아 정부에서는 아이를 많이 낳는 출산정책을 펴고 있다. 인구가 극도로 줄어들고 있다고는 하지만 여전히 많은 사람들이 존재하고 있다. 그 속에서 자신의 색깔을 잃어버리면 정말 너무도 평범한 삶을 살 수밖에 없다.

나는 우리집 아이들에게 평범하게 살기를 거부하라고 가르친다. 남들이 가지지 못한 자신만의 색깔이 언젠가는 아이들의 장점으로 계발될 수 있기 때문이다.

중국어를 가르친 이유도 다른 아이들에 비하여 외국어를 하나라도 더 잘하길 원해서였다. 그 결과 큰 딸 빈희는 한자로 열네 살 때 부산 외국어대 법학과를 4년 장학생으로 들어가는 좋은 결실을 보았다.

지금 다빈이와 정인이도 수시 입학을 준비하는 과정이고 중국어 특기생으로 여러 대학에 합격해 있는 상태이다. 이 책이 출판되었을 때는 둘 다 어엿한 대학생이 되어 있을 것이다.

우리 부부의 교육목적은 아이들이 대학에 빨리 가고 좋은 대학에 가는 것이 아니다. 남들보다 전공공부를 조금이나마 깊이 하기를 바라는 것이고, 그 분야에서 베터랑이라는 소리를 듣기를 원한다.

남들이 다 하는 평범한 삶을 산다면 개척자나 선구자들은 필요없시 않겠는가? 우리 아이들에게 조금은 특이하고 조금은 생소한 교육을 시킨 것도 아이들이 평범하게 자라는 것을 원치 않았기 때문이다.

사회에 나가서도 좋은 직장이나 많은 돈을 버는 것보다 어려운 사람이나 자신보다 못한 사람을 돌볼 수 있는 사람이 될 것을 강조한다.

개인적인 욕심으로는 아이들 중에 1명이라도 고아원이나 양로원 같은 봉사단체를 운영하는 자식이 나왔으면 좋겠다. 우리 부부도 나이가 들어 어느 정도의 금전적인 여유만 있다면 망설임 없이 고아원을 운영할 계획이다.

아이들이 어떤 분야에서든간에 톡톡 튀는 삶을 살기를 바라고 어떤 분야에서도 뒤처지지 않는 사람으로 살았으면 좋겠다. 그렇게 살기를 바라기 때문에 아이들에게 학교교육이나 사교육이 아닌 평생교육을 시켜주고 싶었다. 그리고 나만의 경험으로 얻은 노하우를 아이들에게 전수해주고 싶었다.

지금까지 아이들은 조금 무모하기도 하고 과감하게 도전하는 우리 부부를 잘 따라와주었고, 일단은 좋은 결실을 가져온 것에 대하여 항상 감사해한다.

아이들이 사회에 나갔을 때 자신이 원하지 않았던 일을 할 수도 있을 것이다. 그때마다 자유자재로 색깔을 바꿀 수 있는 카멜레온형 인간이 된다면 그 사회에서도 어느 정도 인정을 받으며 살아갈 수 있을 것이다.

한 예로 아이들이 사회생활을 할 때 직장상사와 술자리를 한다고 생각해보자. 우리나라 남자들은 술자리에서 술을 주고받고 권하기를 좋아한다.

하지만 술을 먹지 않고도 술 먹은 사람보다 술자리 분위기를 리드해나갈 수만 있다면 굳이 술을 권하겠는가? 한 번의 그런 술자리를 가졌다면 굳이 술을 못한다는 이유로 그 사람을 따돌리지 않을 것이다.

내가 아이들에게 강조하는 '색깔'이란 살아가는 삶의 지혜이자 적재적소에 대처할 수 있는 대처법 같은 것이다. 삶의 지혜가 풍부하면 어른이 되어서 아무리 힘들고 어려운 시련이 닥쳐도 현명하게 헤쳐나갈 것이다.

비록 큰돈을 벌 수 있는 게 아니라 하더라도 하는 일에 최선을 다하고 항상 웃는 얼굴로 일하되, 누가 뭐라 하더라도 과감하게 도전하라고 가르쳤다.

아이들이 검정고시와 대안학교를 택할 수 있었던 깃도 뚜렷한 자신의 목표가 있었고, 많은 아이들이 택하지 않았으므로 약간의 모험을 감수하더라도 자신있게 도전할 수 있었던 것이다.

틀에 박힌 교육은 이제는 가라

버릴 수 있는 사람이 소중한 것을 가질 수 있듯이, 공교육을 포기하고 대안교육을 시킴에 있어 우리는 한치의 망설임이 없었다. 물론 아이들과의 오랜 상의 끝에 그런 선택을 한 것이다.

그러나 중국에 갈 때부터 검정고시나 대안교육을 계획했던 것은 아니다. 중국에서 생활하는 동안 우리는 아이들에게 왜 공부를 하며 공부를 해서 어떻게 사용할 것인지를 자주 묻곤 하였다.

부모의 잔소리 때문에 공부한다면 아이들이 얼마나 불행하겠는가? 공부하는 당사자가 공부를 왜 하는지, 해서 무엇을 할 것인지를 모른다면 굳이 공부할 필요가 있겠는가?

그래서 아이들에게 6개월이라는 시간을 주고 왜 공부를 하며, 공부한 것을 어떤 분야에서 활용할 것인지를 생각해보라고 했다. 그러자 아이들은 각자 원하는 교육에 뚜렷한 철학이 있었고 어떤 분야에 종사할 것이라는 포부를 분명히 밝혔다. 그때 우리 부부는 아이들에게 폭넓은 대안교육을 설명해주었다.

그 중 하나가 검정고시를 통한 공부였다. 물론 정규과정의 장단점과 검정고시의 장단점도 자세히 이야기해주었다. 아이들이 꿈을 정한 후부터는 공부하라는 잔소리가 사라졌고 제 스스로 공부하는 데 길들여졌다.

중국에서도 일년 동안은 우리 부부가 아이들과 함께했지만 그 후 약 2년 동안은 아이들끼리 스스로 알아서 공부를 해주었다. 경제적인 사정으로 나는 일년 후에, 아내는 그로부터 3개월 후에 한국에 들어올 수밖에 없었다. 우리 없이 아이들끼리 잘해낼 수 있을까 하는 걱정도 되었지만 잘하리라는 확신도 동시에 가질 수 있었다.

하지만 주변에서는 한국으로 돌아온 우리에게 한국도 아닌 중국에 어떻게 초등학생들만 두고 올 수 있느냐며 걱정하였다. 그 걱정은 우리가 중국에서 아이들을 어떻게 교육시켰는지 모르는 사람들의 노파심이었다.

속 깊은 아이들은 자기들끼리 왜 유학도 마치기 전에 아버지가 먼저 한국으로 가는지에 대해 이야기하였다고 한다.

어느 날엔가 큰 딸 빈희가 전화를 걸어 이렇게 말했다.

"아버지, 그 동안 중국에서 우리 3명을 위하여 노력하신 것 다 알아요. 자는 척하며 엄마와 아버지의 대화를 다 들었어요. 돈 때문에 아버지가 먼저 한국에 나가시고 몇 개월 후에 엄마도 나가야 한다는 것도 알고 있어요. 부모님이 안 계시는 중국이 두렵기도 하지만 우리가 얼마나 의젓해졌는지를 아버지에게 꼭 보여드릴게요."

"빈희, 정인이, 다빈이 너희 3명의 아이큐를 모아봐라. 3명의 아이큐만 모을 수 있다면 너희들은 천재 부럽지 않은 아이큐가 나올 것이야. 머리가 똑똑한 빈희는 120으로 생각하고 정인이는 100, 다빈이는 80으로만 생각해도 합해보면 300이 나오지 않겠니? 아이큐 300이면 대단한 머리고 아버지가 중국에 살면서 가르쳐준 삶의 노하우만 잘 지켜도 어떠한 역경도 지혜롭게 헤쳐나갈 수 있을 거야."

이렇게 말하며 아이들의 자신감을 북돋아주었다.

아이들은 부모가 옆에 없어도 더 열심히 공부했고 부모가 믿을 수 있도록 행동해주었다. 그로 인해 지금의 우리 가족이 한국에서 더 행복할 수 있는 것이다.

빈희는 장녀로서의 역할을 톡톡히 해주었고 정인이는 꼼꼼한 성격으로 가계부를 적어가며 생활비를 아껴 사용하였다. 활발한 성격의 다빈이는 언니들이 힘들어할 때마다 웃게 해주었다.

세 딸들이 서로의 역할을 충실히 해준 덕에 별탈없이 중국에서 초등학교를 무사히 마칠 수 있었다. 한국으로 들어오자마자 아이들은 본격적으로 검정고시 준비를 하였다. 돌아온 그해 8월에 정인이와 빈희는 중졸 검정고시에 합격하였고 다빈이는 검정고시를 준비중에 있었다.

그 다음 해 4월 빈희와 정인이가 고졸 검정고시에 최연소와 충북 차석으로, 다빈이는 중졸 검정고시에 최연소로 합격했다. 지금은 세 딸 모두 검정고시를 통하여 고졸을 인정받았고 빈희는 대학생이 되어 있다.

대부분의 부모들이 자녀에게 공교육을 시켜야만 성공할 것이라고 생각한다. 대안교육을 받은 아이나 그 부모를 무모하다고 생각하는 사람들도 의외로 많이 보았다.

주변에서는 아이들이 중·고등학교의 공교육을 받지 않아서 진정한 친구가 없겠다는 걱정들을 많이 한다. 하지만 실제로 빈희, 정인이, 다빈이를 보면 꼭 그렇지만은 않다. 아이의 인간성, 붙임성, 사교성이 얼마나 좋으냐에 따라 친구도 사귀고 진정한 친구도 둘 수 있는 것이다.

우리 역시 아이들이 친구들에게 소외되거나 친구가 없지는 않을까 하는 걱정을 안 한 건 아니다. 하지만 다른 사람과 잘 융합하는 성격이라면 얼마든지 좋은 친구를 사귈 수 있을 거라고 생각했다.

빈희는 열네 살이라는 어린 나이에 대학생이 되었지만 붙임성이 좋은 성격 탓에 너무 많은 친구나 언니와 오빠를 두어 공부에 방해되지 않을까 오히려 걱정이 될 정도이다.

한번은 빈희가 못 보던 옷을 입고 와 물어보자 함께 방을 사용하는 언니의 리포트를 작성해주고 선물로 받았다고 이야기했다. 입학 초기에는 어린 나이에 대학에 가서 다소 혼란스러워했지만 한 학기가 지나자 무척 어엿한 대학생이 되었고, 학점관리도 잘하여 4.2라는 아주 좋은 성적을 받아왔다.

자녀가 반드시 공교육을 받아야 한다는 생각은 자녀를 더 좋은 길로, 더 빨리 갈 수 있는 것을 막을 수도 있다고 본다.

요즘은 대안교육에 대해 긍정적으로 바라보고 대안교육에 관심을 두는 부모들을 자주 만나곤 한다. 나는 그분들에게 부모가 교육에 대한 철학과 확신이 없다면 대안교육을 시키지 말 것을 얘기한다. 부모가 교육에 확신이 없고 대안교육에 대한 지식이 없다면 아이들은 부모를 믿고 따라가는 교육인데 실패할 게 뻔하기 때문이다.

공교육이 좋다, 사교육이 좋다라고 명확히 결론내릴 수는 없지만 자녀에게 맞는 교육을 시켜주는 것이 부모의 몫인 것만은 분명하다.

속담과 명언으로
세상을 알게 하라

사람은 머릿속에 있는 생각을 언어를 통해서 서로 교류하며 살아간다. 그렇게 사용하는 언어 중에는 자식을 망칠 수 있는 독이 되는 말들도 있고, 또 자식을 올바른 길로 인도하는 큰 스승이 될 수 있는 말도 있다.

나는 아이들에게 언어로써 풍부한 지식과 지혜를 줄 수 있다고 믿는다. 그래서 옛 선인들이나 구전으로 전해오는 속담, 명언을 스승삼아 아이들 교육에 접목시켜본다면 참 재미있고도 유익한 결과가 나오겠다고 생각하였다.

자녀가 공부를 잘하는 것도 부모의 몫이라고 생각한다. '콩 심은 데 콩 나고 팥 심은 데 팥 난다'는 속담만 보아도 부모의 교육철학이 아이에게 얼마나 큰 지표가 되는지 알 수 있을 것이다.

어떤 부모든지 자녀에게 목표의식을 가지고 공부하라고 이야기할 것이다. 하지만 아이에게 공부의 철학을 강요하기 전에 부모인 자기 자신부터 한두 가지 명언을 가훈처럼 생각하며 교육을 시킨다면 훨씬 더 큰 효과가 있을 것이다.

우리가 어린 시절에는 가난과 경제적인 어려움 속에서도 집집마다 가훈이나 부모님이 들려주는 정신적인 철학이 있었다. 그러나 요즘처럼 삭막하고 각막해진 세상 속에서 가훈이나 명언 하나 정도만이라도 정해두고 살아갈 수만 있다면 아이들에게도 많은 도움이 될 것 같다.

우리집의 경우에는 '뿌리 깊은 나무는 바람에 흔들릴 줄 안다'가 가훈이다. 이 뜻을 해석해보면 아무리 큰 나무라도 뿌리가 튼튼하여야 하며, 큰 나무가 뿌리만 믿고 바람에 저항하다 보면 뿌리보다 더 큰 바람에 송두리째 뽑혀버릴 것이다.

갈대가 뿌리는 약하지만 부는 바람과 같이 흔들리기 때문에 어떤 강풍에도 견뎌낼 수 있듯이 뿌리는 근본이요, 바람은 나를 꺾으려고 하는 세상의 경쟁자를 말한다.

나는 가훈에서 얘기하듯이 아이들에게 사람의 근본은 큰 나무 뿌리처럼 단단하게 버티되 세상과 타협하며 살아가라고 가르친다.

자녀교육도 이와 비슷한 맥락이 아닐까 생각한다. 자신의 교육철학만 옳다고 생각하여 아이들에게 강압적인 교육을 시킨다면 아이들이 받아들이고 따라와주겠는가? 자녀와 부모가 함께 교육의 타협점을 찾아서 조금씩 양보하며 만들어가는 게 바람직할 것이다.

명언과 속담이 바로 그런 역할을 해준다고 생각한다. 누구나 속담과 명언을 응용하여 대화를 해본 적이 있을 것이다. 그것은 명언이나 속담이 누가 들어도 틀린 말이 아니기 때문이다.

우리집에서는 사자성어 낱말잇기 놀이를 자주 했는데, 놀이에서 1등 한 아이에게는 그날의 상금을 (1000원 이하) 주었다. 제일 못한 아이에게는 사자성어 (10단어) 외우는 숙제를 주었다. 그렇게 자연스럽게 서로간의 경쟁심을 유발하며 사자성어도 외우고 학습의 능률도 향상시킬 수 있었다.

우리집에서 쉽고 재미있게 했던 속담과 명언놀이에는 다음과 같은 것들이 있다.

1. 가족이 둥글게 둘러앉는다. 내가 먼저 1개의 사자성어를 말하고 엄마, 큰딸 순으로 말한다.

2. 사자성어를 여러 개 적어 모자에 넣어 섞은 다음 하나씩 제비뽑기를 하여 그 사자성어의 뜻을 설명한다.

3. 사자성어의 한자와 뜻을 풀이해 와서 부모에게 설명한다 (단, 한자 단어 책이나 사자성어 책을 참고하여 찾아오는 방식).

4. 보물찾기처럼 주방, 큰방, 작은 방 등의 한 곳을 정하여 숨겨 둔 사자성어 쪽지를 먼저 발견하여 찾아오는 아이에게 그 뜻을 묻고 상을 준다.

이런 놀이를 통해 아이들은 자연스럽게 속담도 익히고 명언도 배울 수 있었다. 나아가 삶과 속담과 명언을 연결시켜 생각할 수 있는 상상력도 길러져 남을 배려하는 마음과 자기 자신을 낮출 수 있는 겸손함도 배우는 계기가 되었다.

그 때문인지 우리집 아이들은 다른 아이들에 비하여 철이 빨리 들었다는 소리를 자주 듣는 편이다. 혹자는 아이들이 너무 어른스럽지 않냐, 혹은 재혼가정이기 때문에 눈치로 인하여 철이 든 거라고 얘기한다. 하지만 우리 아이들과 깊은 대화를 해본 사람이라면 그것은 자신들의 선입견이었음을 인정한다.

　사자성어와 속담 인용 놀이는 아이들의 대학 면접과 구술면접에도 많은 도움이 되었다. 경험을 통해 얻은 교육철학 한 가지는 사자성어나 명언, 속담을 아이 공부방에 붙여주면 아이들이 큰 꿈을 품고 더 넓은 세상을 보게 된다는 것이다.

농부의 마음으로
아이를 가르쳐라

'농부의 마음으로 아이를 가르쳐라.' 나는 개인적으로 이 말을 너무 좋아하며 평생을 이 말대로 실천하며 살아가려고 노력한다.

농사를 지을 때는 씨앗을 잘 골라야 하며 토양과 자연환경(햇빛, 바람, 물) 조건이 중요하고 농부가 부지런히 돌보며 주변의 잡초와 벌레를 잡아주며 길러야지 가을에 좋은 결실을 맺을 수 있을 것이다.

농사꾼들은 흔히 이렇게 말한다.

"땅만큼 거짓말하지 않는 게 없다."

농사를 짓지 않는 사람이라도 한 번쯤은 이 말을 들어보았을 것이다.

이것을 아이교육에 적용시켜본다면 농부는 부모일 것이며, 땅은 가정이고, 좋은 가정에 좋은 씨앗은 우리 아이들일 것이다. 햇빛, 물, 바람, 번개는 교육에 필요한 자본일 것이며, 추수는 아이들이 훌륭한 성인으로 자라주는 것이다.

잡초와 벌레는 유해한 방송이나 나쁜 인터넷 문화 등을 얘기하는 것이다. 그런 벌레들과 잡초들의 폐해까지도 보호해주는 게 훌륭한 농부가 아닐까 생각한다.

농부의 지극한 보살핌 속에서 자라난 곡식알이 튼실한 것이고 훌륭한 부모 밑에서 자라난 아이들이 훌륭한 어른으로 성장할 수밖에 없다. 농부의 농사 짓는 마음과 아이들을 키우는 부모의 마음에는 한치 차이가 없는 것이다.

모든 일을 이런 마음으로 행할 수만 있다면 어떤 분야에서든 분명히 성공할 것이라고 믿는다. 뿌린 대로 거두어들인다는 말은 농부가 씨앗을 뿌린 후 예리한 눈으로 끊임없이 관찰하며 사랑과 정성을 다하여야지 좋은 곡식을 얻을 수 있다는 의미이다.

나는 지금까지 아이들에게 용돈을 무조건 준 적이 없다. 노력하여 얻는 결실이 훨씬 더 값지다는 것을 알려주기 위해서였다. 부모가 다 해주는 그런 세상이 아니라는 것을 느끼게 해주고 싶었다. 아이들이 스스로 할 수 있는 일을 하였을 때 노동의 대가를 주었고, 자주 그렇게 하자 아이들도 당연한 것으로 받아들였다.

1. 일주일씩 순번 정하여 설거지와 집안 청소하기
   (일주일에 5,000원)
2. 학원의 전단지 돌리기(하루 3,000원)
3. 학원 보조교사일 하기(일주일에 20,000원)
4. 중국어 개인과외 하기(한 달에 20,000원씩 받기)
5. 세차와 차량 보조교사 역할(하루 2,500원)

아이들과의 상의를 통해 이런 아이템과 금액을 정하였고, 아이들은 자기들이 할 수 있는 일을 조금씩 늘려나갔다. 이런 방법이 어떤 부모들에겐 아동학대나 아동방치처럼 보일지도 모르겠다. 하지만 아이들의 먼 미래를 생각해본다면 달리 보일 수 있을 것이다.

부모가 평생 아이를 돌봐주지 못한다면 조금이나마 일찍 자립심과 독립심을 키워줄 필요도 있지 않겠는가? '귀한 자식일수록 여행을 많이 보내라' 라는 속담이 있다. 어느 누가 자기 자식이 고생하는 것을 안쓰러이 여기지 않을 것이며 곁에 두고 보살피고 싶지 않겠는가. 그렇지만 자기가 평생 사랑하는 자식을 돌볼 수 없다는 것, 아이의 견문을 넓혀주고 세상과 부딪치며 스스로 헤쳐나가기를 바라는 마음이라면 더더욱 그렇게 해야 한다.

베짱이는 놀기만 하였고 개미는 베짱이가 놀 동안 열심히 일해서 겨울을 편안하게 보낸다는 우화는 유치원생들도 알고 있는 것이다.

부모가 자녀 농사를 게을리 짓고 가을이 되어 추수할 것이 없다고 곡식(즉 아이들)만 탓한다면 얼마나 어리석은 농부(부모)이겠는가? 사랑과 정성으로 보살펴 키운 다음에 아이들이 잘되길 바라는 부모가 되어야 할 것이다. 그러면 아이들은 달콤한 열매가 되어 농부인 부모에게 선물할 것이다.

나는 다른 부모들에 비해 아이들에게 과격한 표현을 많이 하는 편이다. 왜 그런 과격한 표현을 하는지 종종 묻는 사람이 있다. 그럴 때마다 나는 그 사람들에게 이렇게 말을 하곤 한다.

"농부가 얼마나 힘들게 농사 짓는지 곡식도 알아야 합니다."

아이들에게 모든 걸 양보한다는 것은 불가능한 일일 것이다. 나 자신도 내 인생을 포기하며 아이들만을 위해 살 자신은 없다.

내 아이 역시 자기 자식을 위하여 모든 걸 희생해서는 안 된다고 생각한다.

하지만 진심만을 보여줄 수만 있다면 아이들도 진심으로 부모에게 감사할 것이다. 농부의 진심을 보여줄 수만 있다면 곡식이 농부를 탓하는 일은 없을 것이다.

숲 밖에서 보아야
아이의 적성이 보인다

  부모라면 누구나 자녀의 적성에 맞는 직업이 무엇인지 많이
고민해보았을 것이다. 나도 중국으로 유학을 보낼 때에는 무작
정 한의사, 의사, 교수, 판사, 검사 같은 전문 직종에 종사하길
바랐다. 그러나 그런 마음은 부모의 욕심일 뿐, 아이들이 원하
는 직업과는 거리가 멀었다.

  아이들에 대한 욕심을 버리자 아이들의 적성이 보이기 시작
했다. 그리고 아이들에게 자신이 원하는 직업을 택하게 한 후
내가 정신과 의사는 아니지만 정신과 치료에 사용하는 모노드
라마 형식의 직업놀이를 자주 하였다.

  아이들은 자기가 원하는 직업에서는 자신감과 리더십을 발

휘하였고 부모가 원하는 직업에서는 불안해하고 의기소침해지며 직업놀이를 하는 것 자체를 싫어하였다.

모노드라마 놀이는 다음과 같이 한다.

1. 아이가 원하는 직업을 선택하게 한다.

2. 직업에 맞는 의상과 분위기를 연출한다.

3. 절대 웃거나 장난으로 하지 않는다.

4. 최대한 그 상황에 몰입하여 상상하며 할 수 있도록 독려한다.

이런 몇 가지 조항을 미리 아이들에게 일러준 후 모노드라마처럼 해보는 것이다. 사회복지사가 꿈인 정인이의 경우에는 복지사가 할 수 있는 일에 가상현실을 두고 해보았다.

정인이와 모노드라마를 할 때에 굳이 탈북자를 내세운 것은 자기 자신이 위험한 줄 알면서도 타인을 위하여 위험도 감수할 수 있는 용기를 키워주기 위해서였다.

내가 며칠 굶은 탈북자로 등장해 길가에 누워 있는데 정인이가 우연히 나를 발견한다. 정인이가 내게 다가와서 조심스럽게 말을 건넨다.

"아저씨, 어디가 많이 불편하세요?"

"저는 북조선에 가족을 두고 온 탈북자입니다."

"아, 그러세요? 텔레비전에서 본 적이 있어요. 그런데 추운 날 이런 곳에 누워 있으면 어떡해요?"

"북조선을 탈출한 후 며칠 동안 먹지도 자지도 못하여 너무 힘듭니다. 저를 도와주세요. 도와주신다면 그 은혜 죽는 날까지 잊지 않고 당신을 위하여 기도하겠습니다."

"사실, 저는 한국사람이며 중국에 유학 온 학생이에요. 어떻게 도와드리면 될까요?"

"먹을 음식과 눈을 잠시라도 붙일 수 있도록 도와주세요. 제가 여기서 잡힌다면 북조선으로 송환되어 우리 가족까지 위험합니다."

정인이는 마음에서 우러나는 눈물을 흘리며 주머니 속의 돈을 톡톡 털어 건네며 가족들과 상의 후 도와줄 게 있으면 더 도와주겠다고 말했다.

이런 식의 모노드라마 놀이를 통하여 왜 사람이 사람을 도우며 살아가야 하는지를 정인이는 가족들에게 설명하였고 자기

적성에 맞는 일이라고 생각하였다. 적성 검사기관이나 진료 상담기관도 많지만 가상현실을 통하여 아이에게 맞는 직업을 찾아주는 기관은 없는 것으로 안다.

이런 놀이를 자주 하다 보면 아이들은 자신의 꿈에 대한 자신감도 생기고 자신이 하고 싶어 하는 일에 열정도 가지게 된다. 어린 나이에 빨리 적성을 찾아준다면 아이의 공부 방향을 잡아주는 데 있어서도 별 어려움이 없어진다. 미래의 직업을 빨리 찾는다면 불필요한 시간낭비 없이 직업에 맞는 공부를 시킬 수 있을 것이다.

전체를 보고 싶다면 숲 속이 아닌 숲 밖에서 보아야 한다. 아이들의 적성과 직업은 아직까지 미완성 단계이기 때문에 나무를 보기보다는 숲 전체를 봐두어야 변하는 적성과 직업을 맞춰 줄 수 있을 것이다.

부모의 욕심을 버리고 제3자의 객관적인 예리한 눈으로 자녀를 볼 수만 있다면 아이들 적성에 맞는 직업을 쉽게 찾아줄 수 있을 것이다.

목표 없는 유학은
아이 인생을 망칠 수도 있다

세 딸에게 물질이 아닌 정신적인 재산을 주고 싶은 마음에 중국유학을 생각하게 되었다. 중국유학을 떠나기 전 나는 아이들에게 이렇게 물었다.

"아버지가 너희들에게 줄 것은 물질이 아닌 평생을 먹고 살 수 있는 지식과 지혜이다. 물질은 누가 훔쳐가거나 잃어버리지 않을까 항상 노심초사하지만 지식과 지혜는 너희들 머릿속에 들어가 있어 어떤 누구도 훔쳐가거나 잃어버릴 일이 없다. 그래서 너희들에게 내가 살면서 터득한 철학과 지식을 주려고 하는 것이다.

일례로 6년 동안 태권도 도장에 다닌 사람과 6년 동안 길거리에서 싸움질만 한 사람이 있다고 하자. 둘이서 싸운다면 도장에 다닌 사람이 이기겠느냐, 아니면 길거리에서 싸움만 했던 사람이 이기겠느냐?"

"당연히 길에서 매일 싸움만 한 사람이 이기죠."

아이들은 망설임 없이 이구동성으로 대답했다.

아이들도 이렇게 뻔한 질문에는 망설임 없이 쉽게 대답한다. 자녀교육에 있어서도 결과가 뻔히 보이는 것도 찾아보면 적지 않다.

1. 돈으로만 시킨 유학

2. 부모의 욕심이나 자존심에 의한 자녀 유학

3. 한국에서 공부를 못해 떠나온 도피성 유학

4. 없는 살림에 다들 보낸다는 생각 때문에 보내는 유학

5. 아이들만 보내어 기숙사나 홈스테이에 맡기는 유학

6. 그 나라에 대한 아무 정보도 없이 한국인이 많이 산다는 이유로 보내는 유학

7. 교육환경보다는 영어권이라는 이유만으로 보내는 유학

8. 마음 맞는 친구들을 모아 아이들만 보내는 유학

9. 유혹에 약한 아이를 유혹이 많은 나라로 보내는 유학(마약, 매춘, 도박 범죄)

10. 애매모호한 시기에 보내는 유학(적응하는 과정에서 공부를 따라가지 못하면 쉽게 포기해버린다.)

위에서 말한 열 가지 외에 실패할 수밖에 없는 유학은 더 있을 것이다.

우리가 중국에 있을 때 주변에도 10명 중 7명은 아까운 시간과 외화만 낭비하고 유학에 실패해 한국으로 돌아가는 것을 보았다.

우리도 나름대로는 준비과정을 철저히 하였지만 막상 중국에서 겪는 고통은 예상외로 많았다. 그래서 실패하고 가는 아이들과 성공하고 있는 아이들을 나름대로 분석한 결과를 토대로 하여 아이들 유학생활의 기초로 다졌다.

아까운 시간과 돈만 낭비하는 유학이 되지 않으려면 부모가 가급적 많은 정보를 수집하고 유학 경험자들의 이야기를 많이 듣고 참고하는 것이 기본인 것 같다.

6

엄마 뻐꾹기의
신병모지교
10계명

학습계획표는
최고의 선생님이다

두 가족이 한가족으로 다시 태어나면서 무엇보다 힘들었던 것 중 하나가 각자의 자녀교육관에 너무나 차이가 있다는 점이다. 많은 상의 끝에 아빠가 할 일과 엄마가 할 일을 분명히 나누었다.

아빠는 전체적인 인성교육과 학습력을 증진시키는 집중력 프로그램과 아이들 장래를 위한 적성이나 좌우명, 큰 목표를 정하는 일을 맡았다.

엄마인 나는 세부적인 실천계획을 세워 매일매일 체크하는 일이었다. 제일 먼저 평생 계획을 세우고, 그 다음에 일년 계획, 한 달 계획, 일주일 계획, 하루 계획을 세우는 일이었다.

계획 하에 하는 생활과 계획 없이 하는 생활이나 학습은 너무나 큰 차이가 있을 것이다. 어른들도 자기의 장래 계획을 세우는 일에 참으로 막막해한다.

그러나 어릴 적부터 일년 계획, 한 달 계획, 일주일 계획, 하루 계획식으로 체계적으로 학습계획표를 세워가는 습관을 길러준다면 어른이 되어 장래 계획을 세우는 데 혼란스러워하는 일은 없을 것이다.

스피노자도 "내일 지구의 종말이 오더라도 사과나무를 심겠다"고 말하지 않았는가. 그는 자기 계획의 확실한 철학과 어릴 적부터 계획을 세우면 반드시 이루도록 노력하였기에 현시대의 사람들에게 존경받는 스피노자가 되었을 것이다.

계획은 잘 짜는 것보다 잘 실천하는 것이 중요하며 아이들에게 과하지 않은 계획표를 짜주는 것이 성공에의 관건이다. 빈희, 정인이, 다빈이의 학습은 다음과 같이 계획하였다.

첫째, 평생 계획으로는 왜 공부를 하며 공부를 하여 어떤 분야에 몸담아 사회생활을 할 건지(직업, 필요한 자격증 따기, 한자 급수 자격증, 중국어 급수 자격증)를 정하였다.

126

둘째, 일년 계획으로는 성공적으로 유학을 마치고 중국어를 마스터해 가는 게 목표였다(유학 성공기).

셋째, 한 달 계획으로는 중국어 공부와 한국 공부가 뒤처지지 않게 하는 거였다(검정고시 대비).

넷째, 하루 계획은 용돈 기입장과 일기쓰기와 책 한 권 읽고 독후감쓰기였다.

이렇게 구체적인 체계를 잡고 나자 아이들은 학습에 있어서 빠른 속도로 놀라운 효과를 보이기 시작했다. 학습교육과 아빠의 큰 테두리 교육이 톱니바퀴처럼 맞물려 잘 돌아가는 게 피부로 느껴졌다.

세 자매의 큰 목표가 모두 다르다 보니 공부의 방향이나 공부에 필요한 자료 또한 모두 달라 엄마인 내가 더 많은 조사와 정보를 수집할 수밖에 없었다. 나도 잘 모르는 분야지만 열심히 조사하여 아이들에게 정보를 제공해주었다.

빈희는 법조인을 꿈꾸었고, 정인이는 사회복지사, 다빈이는 중국어 대학교수가 되기를 원하였다. 아이들마다 꿈과 희망이 다 달라 처음에는 어떻게 계획을 세워야 할지 난감했다. 발품과 인터넷을 통해 다각도로 조사한 결과 그쪽 분야에 필요한 공부를 시켜주는 게 현명하다는 판단이 내려졌다.

실례로 빈희에게는 법 공부에 필요한 한자를 공부시켰고, 정인이에겐 공부보다는 불쌍한 사람들을 돌볼 수 있도록 인성교육에 치중하였으며, 다빈이에겐 중국어 교수라면 필수적으로 알아야 할 중국의 역사와 문화에 대한 책읽기를 적극 권하였다.

아이들은 자신의 꿈이 정해져 있으므로 과다한 공부에도 불평불만은커녕 자신의 미래를 설계하며 재미있게 공부하는 습관이 자연스럽게 생겨났다. 이제 아이들은 자신의 학습계획표는 스스로 짜고 그 학습계획표대로 실천하려고 노력한다.

아무리 좋고 잘 짜여진 계획표라도 실천하지 않는다면 무용지물이다. 무용지물로 만들지 않으려면 부모의 욕심은 버리고 실천 가능한 아이 위주의 계획표를 짜야 한다. 그래야 계획표를 못 지킬 때는 변명의 여지가 없으므로 아이가 계획표대로 실천하려고 더 노력할 것이다.

일기와 독후감이 아이의
미래를 바꾸어놓는다

　한국에 돌아온 후 중국으로 유학갈 당시 시댁에 두고 갔던 우리 물건들을 정리할 기회가 있었다. 아이들과 옛날 짐을 정리하다가 일기장과 독후감 공책을 몇 상자 발견하였다. 아이들은 아직까지 초등학생 때의 일기장과 독후감 공책이 있다는 것에 조금 놀라워하면서도 마냥 기뻐하였다.

　잠시 쉬면서 어릴 적 일기장과 독후감 공책을 보니 지난날의 일들이 주마등처럼 머릿속을 스쳐지나갔다. 슬프거나 기쁜 일들이 낱낱이 기록된 것을 읽다 보니 속으로 아이들이 대견하다는 생각이 들었다. 사진은 그때의 감동을 줄 수 없지만 글로 표현한 것은 감동과 옛 추억을 되살아나게 해주어 참 좋은 것 같다.

아이들도 일기와 독후감을 읽는 동안 그 당시로 돌아간 듯 흥분을 감추지 않았으며 눈물까지 보였다. 일기와 독후감 공책을 버리지 않은 것을 참 다행이라고 생각하며 집으로 돌아와서 그것을 열 권씩 모아 철을 해주었다.

"나중에 너희들이 시집을 가서 엄마가 되었을 때 너희들 자식에게 이 공책을 또 선물하면 좋지 않겠니?"

아이들에게 이렇게 말하며 그 공책을 선물로 주었더니 아이들은 일기와 독후감을 하루도 빼놓지 않고 쓰게 해준 엄마에게 감사하다며 큰절을 하였다. 아이들의 돌발적인 행동에 나도 모르게 눈물이 나왔고 지금까지 별탈없이 믿고 따라와준 아이들이 고마웠다.

일기와 독후감쓰기는 공부의 필수며 대학공부를 할 때는 논술의 기본이 되고, 대학 가서는 리포트를 작성하는 데에도 필수이기 때문이다. 빈희가 어린 나이에 대학생활을 소화하며 자신의 책을 출판할 수 있었던 것도 일기와 독후감이 밑바탕이 되었기 때문이다.

어릴 때부터 지금까지 아이들에게 하루도 거르지 않고 세 끼

밥 먹는 것처럼 시키고 있는 것이 일기쓰기와 독후감이다. 어릴 적 아이의 공부습관을 만들어주는 시작이 바로 일기와 독후감쓰기이기 때문이다.

처음에는 우리 아이들도 싫어하고 힘들어하며 책보다는 텔레비전이나 컴퓨터를 하고 싶어했다. 하지만 꾸준히 시키다 보니 어느 순간에는 밥 먹는 것처럼 일기쓰기와 책읽기가 습관화되고, 그 결과 생각하는 힘이 눈에 띄게 길러지고 마음이 성장하는 것을 느낄 수 있다.

일년에 한 번씩 옛 일기장을 보며 '그땐 그랬구나' 하면서 자연스럽게 아이의 생각과 엄마의 생각을 나눌 수 있는 기회가 만들어진 것도 일기가 가져다 준 큰 선물이다.

텔레비전과 컴퓨터는
꼭 필요할 때만

    현대는 아주 빠른 속도로 변해가며 과학과 물질이 주는 풍요 속에서 정신은 더 황폐해져가고 있다. 물질이 주는 풍요와는 달리 인간으로서 갖추어야 되는 사람 사는 정이나 사람 사는 모습이 점점 변해가는 추세가 참으로 안타깝다.

    그런 현실이 너무 안타까워 아이들만이라도 그런 기계적이고 현실적인 사람보다는 인간 냄새가 나는 아이로 자라기를 원했다. 그래서 선택한 방법 중의 하나가 쪽지편지 주고받기이다.

    나도 처음에는 텔레비전을 멀리하는 것이 허전하고 심심하다는 생각이 들었다. 드라마가 보고 싶어 텔레비전을 보면서 아이들을 가르쳤다. 당연히 아이들은 텔레비전 소리와 드라마의 내용이 궁금하여 텔레비전으로 눈을 돌리기 일쑤였고, 그럴 때마다 나는 아이들에게 호통을 쳤다.

아이들이 집중을 못 하는 것 같아서 남편과의 상의 도중에 남편이 일침을 가하는 지적을 해주었다.

"어른들도 텔레비전이나 컴퓨터를 멀리하기가 쉽지 않은데 어른보다 유혹에 훨씬 약한 아이들은 오죽하겠어? 엄마는하면서 아이들에게만 나쁘다고 하지 말라고 하면 애들이 그 말을 믿고 따르겠어?"

그 후부터 나는 그토록 좋아하던 드라마를 일체 보지 않았다. 대신 시사프로와 교양프로 위주로 시간을 정해놓고 아이들과 함께 보기 시작하였다. 시사프로를 시청한 후에는 토론을 하고 토론 후에는 글로써 각자의 생각을 정리하게끔 하였다. 이것이 세상 돌아가는 일과 대학에서 필요한 논술공부를 초등학교 때부터 자연스럽게 지도해왔던 방법이다.

처음에는 우리 부부의 지도하에 시사프로나 아이들에게 필요한 교양프로를 같이 보았지만 시간이 흐르자 우리가 없을 때도 자기들끼리 시사프로를 시청한 후 열띤 토론을 할 정도의 수준으로 습관화되었다.

시사와 교양 위주의 텔레비전 시청 후부터 무분별한 텔레비전 시청시간이 대폭 줄어든 반면, 가족간의 대화시간이 늘어나게 되었다.

철저한 지도하에 나쁜 텔레비전 시청 습관은 고칠 수 있었지만 컴퓨터 게임 습관은 텔레비전에 비해 시간과 정성을 2배로 요하였다. 아이들은 흔히 정서적인 불안정을 사이버 공간이라는 가상현실에서 만족하기 위해 게임 중독증세를 보이는 것이다.

비록 내가 정신과 의사는 아니지만 어른이나 아이들이 게임에 중독되면 다음과 같은 특징을 보인다는 것을 알아냈다.

첫째, 눈동자에 힘이 없어 보이고 다른 사람과 눈동자를 마주치는 것을 꺼린다(초점을 잃은 눈동자).

둘째, 무슨 일을 할 때 초조해하며 산만함이 극에 달한다(안절부절 못함).

셋째, 자신도 모르게 손과 손가락을 쉴 새 없이 움직인다.

넷째, 질문에 항상 신경질적으로 대답하며 대화 자체가 공격적 성향을 띤다(버럭 화를 냄).

다섯째, 잠을 쉽게 이루지 못하고 항상 라디오나 텔레비전 같은 소리 나는 물건을 옆에 두고 싶어한다(혼자 있다는 게 불안함).

여섯째, 탄로날 순간을 모면하려고 거짓말을 한다.

일곱 번째, 돈 훔치는 습관이 생겨난다(어른들이 노름하는 증상과 같음).

여덟 번째, 먹는 음식량이 눈에 띄게 줄어들고 항상 피곤해 한다(게임을 못하는 스트레스 증상).

아홉 번째, 나가기를 싫어하고 한 곳에 오래 머물기를 원한다(거실이나 부모의 방 출입을 자제).

열 번째, 게임에 관한 잡지나 텔레비전을 볼 때는 눈에서 광채가 나온다.

위의 열 가지 중에서 세 가지 정도만 해당되더라도 아이가 게임에 깊이 빠져 있다고 생각하면 된다.

게임도 스트레스 푸는 위주로 잠시 한다면 큰 문제가 되지 않을 것이다. 하지만 공부할 시간과 다른 일을 해야 될 시간까지 게임에 전념한다면 그 아이의 미래는 볼 필요도 없을 것이다. 즉 사회에 적응하지 못하고 사이버 공간 안에서만 살아가려는 사회도피형 인간이 될 것이다. 텔레비전과 컴퓨터를 오래 하는 아이들치고 집중력이 좋은 아이를 본 적이 없다.

우리 아이들도 컴퓨터를 좋은 용도에 활용하게 만들기까지 는 상당한 시간과 노력이 필요하였다. 우리 부부는 방학을 이 용하여 전기도 들어오지 않는 산사를 찾아서 방학 동안 지내게 하는 방법을 선택했다.

전기도 들어오지 않는 산사에는 산 속이라 도시보다 더 빨리 밤이 찾아왔다. 할 수 있는 일이라고는 마당에다 불을 지펴 자 연에서 얻은 농작물(밤, 고구마, 감자, 옥수수)을 구워 먹으며 대 화하는 것뿐이었다.

한 달 가량 산 속 생활을 하는 동안 자연스럽게 컴퓨터와 텔 레비전을 멀리하였고, 그러다 보니 아이들은 게임을 하지 않아 도 별로 하고 싶은 생각이 들지 않는다고 말 했다.

대신 책 읽는 즐거움을 익히게 하였고 글 쓰는 즐거움도 배 우게 되면서 차츰 컴퓨터나 텔레비전 보는 시간도 조절할 수 있게 되었다. 산사에서의 한 달간이 컴퓨터 게임에 대한 욕구 를 깨끗이 몰아냈던 것이다.

'공부하라' 는 잔소리보다
나쁜 것도 없다

우리는 다른 집에 비하여 아이들이 많은 덕에 공부하라는 잔소리가 나의 입버릇처럼 되어 있었다. 그리고 그럴 때마다 나는 혈압이 터질 것 같은 상황에 이르곤 했다.

그러나 아무리 잔소리를 해도 아이들이 공부를 더 열심히 하거나 공부하는 시간이 늘어나진 않았다. 그래도 엄마로서 아이들과 끝나지 않는 잔소리 전쟁을 할 수밖에 없었고, 그럼으로써 아이들과 사이만 점점 멀어져갔다. 아이들은 잔소리로 인하여 나와 마주치길 싫어하였고 서로의 감정은 극도로 치달았다.

옆에서 아이들과 나와의 관계를 지켜보던 남편이 어느 날 한 가지 제안해왔다. 돌아오는 학기에 학교에서 어떤 상이든 한

가지만이라도 받아온다면 아이들에게 공부하라는 잔소리는 하지 말라며 이야기하고 아이들 앞에서도 약속을 하였다.

아이들은 엄마의 잔소리에서 해방될 수 있다는 생각으로 방학 숙제를 열심히 하였고, 노력한 결과 세 딸 모두 상장을 2개 또는 3개를 받아 왔다.

3명이 모두 상을 받아온 어느 날, 저녁 외식을 하며 남편이 아이들에게 점잖은 말투로 타일렀다.

"천재는 노력하는 사람을 이길 수 없고 노력하는 사람은 행복한 사람을 이길 수 없다. 너희들도 노력해서 지금의 성과를 이루었듯이 이왕 자신이 해야 될 일이라면 노력하고 행복한 마음으로 해라."

그날 이후 아이들은 공부에 자신감을 얻은 듯했고 나는 잔소리보다는 아이들을 믿어보면서 나 자신이 먼저 모범을 보이기로 하였다. 늦은 나이지만 방송통신대학 유아교육학과에 등록해 다시 공부하기 시작하였다.

부모가 자기들을 믿어준다는 것을 알았는지 아이들이 모든 일에 최선을 다하는 게 눈에 띄게 보이기 시작하였다.

중국에 갔을 때는 전적으로 남편에게 아이들 교육을 맡겼던

터라 상대적으로 내 시간을 많이 가질 수 있었다. 아이들에게 모범을 보이기 위해 열심히 하다 보니 장학금까지 받아가며 공부할 수 있었다. 그야말로 일석이조의 효과를 얻은 셈이다.

부모라면 누구나 우리 아이들과 나처럼 공부에 대한 의견 때문에 스트레스를 받았던 적이 있을 것이다. 특히 부모보다 당사자인 아이들은 더 많은 스트레스를 받을 것이다.

공부가 즐거워서 하는 아이가 얼마나 있을까? 나도 수험생 시절에 공부가 힘들고 치열한 학우와의 경쟁 스트레스 때문에 기절하여 병원에 간 적도 있었다.

부모가 시킨다고 공부하는 아이는 없을 것이다. 나쁜 짓을 하여 교도소에서 죄값을 받고 있는 사람들이 과연 그들 엄마가 나쁜 짓을 하라고 시켰겠는가?

아이를 공부하게끔 만들려면 부모가 먼저 모범을 보여주는 게 가장 빠른 길이다. 부모가 평상시에 공부하는 모습을 보여주면 아이들도 자연스럽게 공부에 흥미를 가질 것이다.

일례로 부모와 아이가 모두 삼국지를 읽었다면 자연스럽게 토론과 대화로 이어질 수 있을 것이다. 그리고 대화 속에서 부모는 아이의 생각을 읽고 아이의 정서도 볼 수 있을 것이다.

어떤 일이든 처음에는 힘들고 많은 시간과 정성을 요하지만 어느 정도 체계가 잡히고 습관화된 후부터는 아이들을 전폭적으로 믿어주는 것이 '공부하라'는 잔소리보다 100배 낫다.

공부할 때도, 놀 때도
미친 듯이 하게 하라

　사실 이 방법은 남편이 아이들과 놀아줄 때나 야단칠 때 자주 쓰는 방법이다. 남편은 항상 나에게도 야단칠 때는 어떤 부모보다 엄하게, 놀아줄 때는 세상의 누구보다도 더 재미있게 놀아주라고 강조한다. 나도 이 말에는 전적으로 동감한다.

　60년대나 70년대 우리네 부모님들은 먹고 살기도 힘들고 많은 아이들을 두었기 때문에 지금 부모들처럼 자녀교육에도 세세하거나 헌신적이지 못했다. 하지만 옛날 어른들의 황소처럼 우직하게 자식을 믿어주는 신뢰는 지금의 부모보다 훨씬 더 대단했다.

　나는 아이를 믿어주는 마음은 옛 어른들을 닮고, 살갑게 하며 사랑해주는 것은 요즘의 엄마를 모델로 삼는다. 엄마의 확실한 교육철학이 없다면 분명 아이에게는 불행한 일이다.

처음 남편을 만났을 때는 아이들과 노는 남편의 모습이 정말 특이하고 엽기적이기까지 하다는 생각이 들었다. 아이들과 잘 놀아주는 아버지로 보이지 않고 아이들보다 정신연령이 더 떨어지는 것 같은 느낌을 받았다.

내가 연상이라서 남편이 어려 보여 그럴 수도 있다고 생각했지만 집에 놀러온 아이들 친구들도 마찬가지 이야기를 했다.

"아저씨는 우리와 같이 놀 때는 동생 같은 생각까지 들 때도 있어요."

아이들에게 왜 그런 생각이 드느냐고 물으니 전자오락실에 가면 자기들보다 오락게임을 잘하고 보통의 부모들은 먹지 않는, 아이들이 주로 먹는 불량식품을 사오라고 몇 천 원씩 준다는 것이다. 그래서 아저씨가 너무 웃기고 재미있어 무척 좋다고 말하였다. 그 때문인지 아이들과 남편은 빠른 속도로 가까워지기 시작하였다.

남편은 아이들 교육문제로 상의할 때면 당근과 채찍을 적절히 이용하라고 말하곤 한다.

"당근만 너무 주면 말은 살이 쪄서 달리기 싫어하고 채찍질만 너무 하면 울타리를 넘어 달아날 것이야."

남편의 말에 전적으로 공감하는 나는 놀아줄 때는 아이들처럼 놀고 야단칠 때는 세상의 어떤 엄마보다 더 무섭게 야단치려고 노력한다. 야단칠 때는 가슴 한구석이 무척 아프지만 그렇다고 잘못을 덮어둔다면 나중에는 더 큰 잘못을 저질러놓고도 뉘우치지 않을 것이다.

중국에 있을 때의 일이다. 아이들이 뭔가 칭찬받을 일을 하자 남편이 아이들을 나이트에 데리고 간다는 것이다. 나는 황당해하며 반대했다가 중국에서의 교육은 남편에게 맡기기로 하여서 일단 지켜보기로 하였다.

학창시절 공부밖에 모르던 나는 정말 남편의 방법이 아이들에게 도움을 주기는커녕 탈선하게 만들지나 않을까 속으로 격정이 많이 되었다.

그런데 나이트에 간 날 나는 내가 너무 틀에 박힌 교육을 고집하였다는 것을 깨달았다. 아이들과 어른들이 출입할 수 있는 공간은 분명 정해져 있다.

하지만 부모가 동참하고 나쁜 것과 좋은 것의 차이점만 이해

시킬 수 있다면 스트레스 푸는 장소로 나이트도 아주 좋은 곳이었다. 아이들이 발산하고 싶었던 스트레스가 춤으로 해소되는 게 느껴졌고, 아이들은 다음에도 또 나이트에 가고자 하는 마음에 모든 일에 최선을 다하였다.

남편이 아이들의 모든 학습 프로그램을 관리하면서 아이들도 공부를 잘하기 시작하였고 칭찬받는 일이 잦아졌다. 남편이 만들어준 집중력 프로그램 덕분인지 아이들은 공부할 때 방문을 열고 들어가도 모를 정도로 집중하였다.

우리 아이들도 처음에는 방문을 열 때마다 눈을 마주치는 일들이 많았다. 그때마다 남편은 아이들에게 이렇게 말했다.

"공부할 때는 집중력이 생명이야. 옆에 폭탄이 날아와도 모르고 공부만 해야 그게 집중력이야. 문을 열 때마다 눈을 마주친다는 것은 공부에 집중을 안 하기 때문이지."

공부와 관련해 우리 부부의 철칙은 상과 벌은 확실해야 한다는 것이다. 공부할 때는 확실히 공부에만 몰입하고 놀 때도 공부할 때만큼 화끈하게 놀아야 한다는 것이다.

일주일에 하루는
자연으로 돌아가라

　우리가 '뻐꾸기 가족'으로 재탄생하기 전까지는 나도 현실이라는 바쁜 일정 속에서 하루하루가 어떻게 지나가는지 돌이켜 볼 여유가 없었다. 하지만 한의학을 전공한 남편을 만나면서 정신적인 여유와 함께 그 동안 몰랐던 자연의 신비에 대해 알게 되었다.

　남편 말에 의하면, 한의학적인 시각에서 볼 때 인간은 자연에서 와서 자연으로 가는 자연주의에 바탕을 둔다고 한다. 그 예로 사람의 뼈는 돌에서 빌려와서 쓰고 피부는 흙에서, 머리카락이나 털은 숲에서, 호흡은 바람에서, 36도 5분이라는 체온은 태양열에서, 오장육부는 5대양 6대주에서 빌려온다고 한다.

이치에 맞는 말 같다.

이런 사실을 알고 난 후부터 자연이 참 경이롭게 보였다. 요즘 유행처럼 번지는 웰빙이나 삼림욕도 한 맥락일 것이다. 요즘은 너나할것없이 해외로 여행을 떠나는 사람이 많다. 물론 해외여행을 통해 보고 듣는 지식도 대단하겠지만 우리나라 곳곳에 숨어 있는 자연 속의 비경과 절경은 평생을 봐도 다 못 볼 만치 널려 있다. 그리고 우리나라의 자연경관은 세계 어느 나라와 비교해도 손색이 없을 것이다.

우리나라의 봄, 여름, 가을, 겨울 경치가 일 년에 네 번씩 변해주는 것도 자연의 축복일 것이다. 자녀교육도 사계절과 같아서 봄에 씨앗을 뿌리고, 여름에는 뿌린 씨를 가꾸고, 가을에 추수하여 겨울을 따뜻하게 나듯이 1년만 투자한다는 생각으로 교육시켜보면 달라져 있는 아이를 볼 수 있을 것이다.

자연이 우리에게 이토록 소중한 선물을 주었는데 바쁜 일상 속에서 시간을 쪼개어 일주일에 한 번 정도는 자연의 품으로 돌아갈 수만 있다면 어찌 행복하지 않겠는가.

신선한 공기가 코를 타고 들어가서 공부에 힘들어하는 뇌를 자극시켜주고, 공부하라는 평상시 잔소리는 새소리가 치료해주며, 아스팔트와 보도블록으로 지친 다리는 흙을 밟으며 치료하고, 흐르는 냇물은 스트레스로 가득 찬 마음을 깨끗하게 씻어줄 것이다.

자연의 경이로운 위대함이 이 정도인데 어찌 일주일에 하루를 못 가보겠는가. 6일은 최선을 다하여서 세상 속에서 열심히 살고, 하루는 세상을 버리고 자연으로 돌아가서 세상 속에서 받은 스트레스를 풀고 오자.

우리 가족은 봄이면 봄에 채취할 수 있는 나물 한 가지를 정해놓고 소풍 가는 마음으로 간단한 도시락과 음료수를 준비하여 자주 가는 편이다. 여름에는 물고기가 많은 계곡이나 강을 찾아 족대나 낚시로 하루를 즐겁게 보내고 온다.

가을이면 밤, 호두, 산대추, 도토리, 감을 주우러 다니고 겨울에는 비탈진 언덕에서 비닐을 썰매삼아 눈썰매를 즐긴다.

자연으로 돌아가는 것은 특별한 기술도 필요없고 금전적인 부담 없이 가족들과 즐거운 시간도 보내고 육체적·정신적 건강에도 도움을 주는 즐거운 하루가 되는 것이다.

어려운 사람들을
돌보는 법을 알려줘라

선과 악, 양지와 음지, 손등과 손바닥, 동전의 앞면과 뒷면……. 1개가 존재하면 또 다른 1개가 존재하듯이 물질적으로 많이 가진 사람들이 있으면 물질적으로 못 가진 사람도 존재하는 법이다.

나는 아이들에게 베풀며 사는 행복을 알려주고 싶었다. 특히 중국은 빈부의 격차가 심하여 가진 사람들은 아주 잘 살고 그 반대의 부류들은 상상을 초월할 정도로 궁핍한 생활을 한다.

어른인 나의 눈에도 어렵게 살아가는 사람들이 무척 불쌍해 보이는데 하물며 감수성 예민한 아이들 눈에는 어떻겠는가. 그런 생각이 들자 엄마인 내가 먼저 어려운 사람들을 돕는 모습을 보여주며 아이들에게 베풀며 사는 삶을 자연스럽게 가르치고 싶었다.

우리가 살던 연길에서는 빈부의 격차도 심하고 탈북자와 부랑자도 많은 편이었다. 추운 겨울 어느 날 외식을 하고 집으로 돌아오는 길에 중국인 노숙자 1명이 이불도 없이 건물 앞에 잠들어 있었다. 처음에는 무서운 생각이 들어서 살짝 피해 가려고 하였다. 그런데 뒤따라오던 아이들은 서로 중국어로 이야기하더니 돈을 모은 후 노숙자를 깨우는 게 아닌가.

우리 부부는 아이들이 어떤 행동을 할까 지켜보고만 있었다. 아이들은 한참을 노숙자와 대화하더니 무엇인가를 건네고 돌아오는 것이었다.

아무 말 없이 집으로 돌아온 후 아이들에게 노숙자에게 무엇을 주었으며 어떤 대화를 했느냐고 물어보았다. 아이들은 추운 겨울날 밖에서 자야 하는 아저씨가 너무 불쌍해서 여관에서 잘 수 있는 돈을 건네며 용기를 내어 열심히 살라는 얘기를 했다는 것이다.

조금 놀랍고 당황스럽기까지 하였다. 한국에 살 때만 해도 상당히 이기적이었던 아이들이 중국에 와서 남을 배려할 줄 아는 마음으로 바뀌었다는 것에 중국에 오기를 정말 잘했다는 생각이 들었다.

남편은 중국에 있을 때 무료진료를 나가거나 탈북자들을 많이 도와주곤 했다. 트럭을 타고 산길을 따라서 두 시간 이상을 가야 하는 외딴 마을로만 진료를 다녔는데, 그때마다 아이들은 항상 같이 가기를 원했다. 나는 아이들이 너무 많은 시간을 빼앗긴다며 반대했지만 남편은 이것도 교육의 한 가지라면서 데리고 다녔다. 그때는 왜 굳이 고생해가며 지저분하고 열악한 환경으로 아이들을 데리고 가는지 이해가 안 되었다.

그런 차에 온 가족이 진료를 따라가는 기회가 있었다. 용정에서도 트럭을 타고 몇 시간을 들어가야 하는 산골이었는데 그 마을 주민들은 우리를 보기 드문 외국인이라고 반갑게 맞아주었다.

침과 기공치료를 받는 동안 집주인인 할아버지에게 북한 이야기와 중국 산골사람들의 생활에 대해 듣게 되었다. 그런데 너무도 충격적인 이야기는 봄이 되어 물이 해동하면 두만강 하류인 그 지역으로 시체가 여러 구 떠내려온다는 것이다. 그들은 북한 국경지역인 그곳에서 중국으로 탈주해 오다 얼어 죽은 것이라고 하였다.

중국 산골사람들은 평생 동안 아파도 병원 갈 돈이 없어 아픈 채 죽어간다고 하였다. 그 할아버지는 남편이 간간히 찾아와 마을사람들을 치료해줘서 무척 고맙다고 하였다.

치료가 끝나고 집으로 돌아오는 우리 손에는 치료비 대신 감자, 옥수수, 토종닭, 계란 등이 한가득 들려 있었다. 돌아오는 차 안에서 아이들과 행복에 대하여 많은 이야기를 하였고, 지금 우리가 사는 현실에도 감사하며 살 수 있는 마음의 여유가 생겼다.

일년 가까이 이런 생활을 하자 아이들은 자연스럽게 불쌍한 사람과 소외된 사람을 돌볼 수 있는 생활에 대하여 항상 감사하는 마음으로 유학생활을 할 수 있었다.

둘째 정인이는 중국에서의 봉사경험이 바탕이 되어 사회복지를 전공하여 복지시설을 운영하는 게 꿈이라고 한다. 그 꿈이 이루어질지 아닐지는 몰라도 어린 나이부터 그런 생각을 한다면 꿈이 변하지 않는 이상 꼭 이룰 수 있을 거라고 믿는다.

한평생 살면서 남을 도와주며 살 수만 있다면 얼마나 아름다운 세상이 되겠는가.

인터넷을 120% 활용하라

요즘은 인터넷이나 매체가 발달하여 원하는 정보는 노력만 한다면 충분하게 얻을 수 있다. 60년대, 70년대, 80년대 교육을 받은 우리로서는 너무나 좋은 세상에 살고 있다고 느껴진다.

이런 좋은 교육환경 속에서 정보가 부족하여 아이들 교육에 소홀한다면 외제차를 소유하고도 기름값이 없어 못 타는 꼴과 다름없다. 요즘은 인터넷에서 공부에 필요한 자료들을 무료로 너무나 쉽게 구할 수 있다. 중국에 있을 때에도 노트북이 있어 별 어려움 없이 한국에서 필요한 공부도 시킬 수 있었다. 아이들이 학교에 간 사이 교육 사이트를 돌아다니며 공부에 필요한 학습지나 한국 아이들이 공부하는 중간고사 문제집이나 기말

고사 문제집을 무료로 다운받아 한국 공부도 같이 병행할 수 있었다.

초등학교 5학년 때부터는 아이들의 학습능력이 몰라보게 좋아져서 검정고시 준비도 무료로 준비할 수 있었다. 그런 결과 중국유학을 마치고 돌아와서 검정고시 학원이나 별도의 교재 없이도 세 자매가 동시에 합격하고 각종 자격증을 취득할 수 있었다.

3명 모두 고졸 검정고시에 통과함으로써 그만치의 시간을 또 벌 수 있었다. 남는 시간은 대학 전공을 살려줄 수 있는 각종 자격증을 취득하기 시작하였다. 빈희는 한국어문회에서 주최하는 한자급수 자격증 2급을 따서 대학에 입학할 수 있었고, 정인이와 다빈이는 중국 한어 수평고시센터에서 주최하는 한어 수평고사에서 8급을 따서 대학을 준비하는 과정이다.

이렇게 빠른 과정을 취할 수 있었던 것은 대안교육이나 탈제도권 교육을 선택하여 아이 스스로 배움의 길을 가게 하는 것이 좋겠다는 판단 아래 대안교육을 택한 것이 맞아떨어진 것이다. 검정고시나 대안교육 청소년들을 문제아처럼 보는 시각과 생각이 많이 사라져 검정고시를 택할 때에도 큰 부담감은 없었다.

인간이 타고난 능력의 70%는 초등학생 때 배우고 만들어진 다고 한다. 초등학교 기초공부가 되어 있지 않으면 중학교, 고 등학교 공부에서 좋은 성적을 기대할 수 없다는 얘기다. 그러 므로 만약 중학생인 아이가 공부를 못한다면 초등학교 5~6학 년 공부를 다시 시키는 것이 현명하다. 처음에는 아이도 부모 도 황당하겠지만 시켜보면 자녀가 왜 공부를 못하는 것인지 알 게 된다.

중학교 3학년 학원생이 수학을 너무 못하여 나는 그에게 구 구단을 외워보라고 했다.

그때 아이는 이렇게 말하며 화를 냈다.

"선생님, 제가 중 3인데 쪽 팔리게 구구단도 모를까봐요?"

한참 아이를 설득한 후 7 곱하기 9 가 얼마냐고 물어보자 아 이는 한참을 생각하더니 엉뚱한 답을 이야기하였다. 아이도 황 당해하고 나도 황당했다.

그때부터 그 아이에게 구구단부터 가르치고 그 다음으로 초 등학교 곱하기와 나누기를 가르치고 이해를 하면 분수와 소수 를 가르쳤다. 그로부터 몇 달 후 중 3 수학을 가르치자 아이는 금방금방 이해하기 시작하였다.

수학은 단계별로 이루어지는 학문이기 때문에 전 단계에 대한 이해가 이루어지지 않으면 좋은 성적을 낼 수 없다. 그리고 이해력을 키우는 여러 가지 방법 중에 수학만큼은 문제를 풀게한 후 비슷한 유형의 문제를 만들어서 직접 설명하며 엄마에게 가르쳐주듯이 풀어보라고 시키면 자연스럽게 실력이 길러진다. 흔히들 국어, 수학, 영어 세 과목만 튼튼하면 공부를 잘한다고 말한다. 그 말에 나도 동감하고 우리 아이들에게 세 과목 위주로 가르쳤다.

국어를 잘하기 위해서는 어릴 적부터 일기쓰기와 독후감쓰기, 한자를 탄탄히 해둔다면 별 문제 없다. 국어는 말 그대로 우리나라 말이기 때문에 다른 과목보다 쉽게 할 수 있고 우리나라가 한자 문화권에 있기 때문에 기본적으로 한자를 기본으로 많이 아는 게 유리하다.

사회는 우리가 살아가는 일상생활에서 많은 문제가 나오므로 시사나 교양 위주로 대화만 많이 해도 자연스럽게 익힌다. 영어는 수많은 참고서적이나 학원이 있기 때문에 별 다르게 설명할 필요를 못 느끼겠다.

인터넷을 정보의 바다라고들 말한다. 인터넷만 잘 활용해도 굳이 비싼 돈 들여서 학원에 보낼 필요가 없다.

　부모 중에 조금 더 시간이 여유로운 사람이 정보를 수집하고 저녁에 모여 대화를 통해서 아이에게 필요한 정보를 주고 미래에 대한 상의도 하는 것이다.

아버지는 엄하게,
어머니는 자애롭게 감싸라

자녀교육에 있어서 자애로워진다는 것은 쉬운 일이 아니다. 부모의 자녀교육에 대한 욕심은 모두가 같을 것이다. 그렇기 때문에 나도 처음에는 잔소리도 많이 하고 신경질적인 태도를 보이곤 하였다. 하지만 달라지는 것은 없고 아이들과의 사이만 멀어져가는 느낌이었다.

보다 못한 남편은 아이들을 야단칠 일이 있으면 자기가 야단을 치는 엄한 역할을 맡고, 여자인 엄마는 아이들 입장에서 감싸주는 자애로운 역할을 맡는 게 어떻겠느냐고 제안했다. 그런 후부터는 아이들과 공부에 대한 갈등은 줄었지만 한편으로는 남편과 아이들 사이가 나빠지지 않을까 걱정도 되었다.

그러나 그런 걱정은 나의 기우였을 뿐 남편은 아주 노련하게 아이들을 잘 다스려 나갔다. 경상도 남자라서 무뚝뚝할 것 같았는데 남편만의 유머스러움으로 아이들을 잘 융합시켜가며 교육의 틀을 잡아갔다.

아이들을 야단칠 때는 옆에 있는 내가 그만했으면 하는 생각까지 들 정도로 엄하게 야단쳤다. 중국에 있을 때 이런 일이 있었다. 식당에서 가족끼리 밥을 먹고 있을 때 평상시 우리를 자주 도와주던 조선족 남편 후배가 식당으로 들어왔다. 그때 아이들이 의자에 앉은 채로 인사를 하자 갑자기 남편이 아이들을 크게 꾸짖었다.

"어른이 들어오시는데 손아래인 어린애들이 앉아서 인사를 해? 어른에게 인사할 때는 정중한 자세로 하라고 그렇게 가르쳤는데……."

이렇게 아이들을 크게 야단치며 많은 사람들이 있는 그 곳에서 말을 타라는 것이었다(일명 기마자세). 아이들이 서로 눈치만 볼 뿐 망설이자 남편이 아이들에게 다시 한 번 소리쳤다.

"사람이 잘못을 하면 그 자리에서 사과할 줄도 알고 벌도 당연히 받아야 되는 것이야. 화난 사람이 화가 풀릴 때까지 사과하는 것도 세상 사는 처세술이야."

그때서야 아이들은 기마 자세를 하고 입으로는 "어른들에게 인사를 잘하자!"라고 구호를 외쳤다.

중국 사람들은 그 모습이 신기하기도 하고 재미있다는 듯한 표정으로 쳐다보았다. 약 20분가량 벌을 선 후 집으로 돌아와 반성문을 쓰게 한 후 아버지가 왜 사람이 많은 식당에서 굳이 꾸짖었는지를 설명해주었다.

"너희들 가슴이 하얀 백지라고 생각해보아라. 흰색에는 검은 물이 잘 들지만 검은 물에는 흰색을 타도 표시가 나지 않는단다. 그래서 아버지는 너희들이 순수할 때 고쳐주고 싶었던 거야. 이 말은 순수한 아이들이 나쁜 짓에 더 빨리 적응하고 나빠진 아이들은 착해지는 게 힘들다는 뜻이란다. 그래서 아버지는 너희들이 검은 물이 들기 전에 야단친 거란다. 알겠니?"

그 후부터 아이들은 손위 어른들을 보면 꼬박꼬박 큰절을 하곤 했다. 지금 생각해보면 남편이 무척 잘한 것 같고, 아이들의 나쁜 행동과 말투는 그때 그때 고쳐주는 게 현명해 보인다.

우리 부부는 지금도 공부 잘하는 아이보다는 근본이 잘된 아이로 키우고 싶고, 그렇게 하기 위해 끊임없이 노력하고 있다.

근본을 만든다는 것은 뿌리가 튼튼한 나무를 만드는 것과 같기 때문이다.

돈으로 아이들 교육을
시킨다는 생각은 버리자

사교육에 많이 의지하는 것이 오늘날 교육의 현실이다. 물론 사교육이 잘못됐다는 얘기는 아니지만 사교육을 받지 못하는 꽤 많은 가정의 아이들은 상대적으로 소외감을 느낄 수도 있다. 현실이 너무 사교육 위주로 가다 보니 공부가 좋은 대학과 좋은 직장을 가지기 위한 필수조건처럼 전락해버렸다.

교육이 참되지를 못하고 타인의 생각으로 교육을 한다면 내 사랑스런 아이들은 타인에 의해서 만들어지는 로봇처럼 변해갈 것이다. 그렇게 변해간 아이들에게 사람의 근본이라 할 수 있는 효나 베푸는 삶을 바란다는 것은 지나친 바람이 아닐까 하는 생각이 든다.

교육의 근본원칙이 좋은 대학이나 좋은 직장을 얻기 위한 수단이 아닌 참인간으로 성장해 나갈 수 있도록 가르쳐주고 지켜봐주는 것이 엄마로서 해야 할 한 가지 덕목 같은 게 아닐까?

빈희는 중국유학을 가기 전 학교에서 상을 자주 타고 선생님들로부터 과하다 싶을 만큼 칭찬을 듣던 아이였다. 그래서인지 잘난 척을 하고 매우 이기적인 아이였다. 과자를 먹어도 혼자 먹기를 원했고, 그럴 때마다 동생 다빈이와 다투는 일이 많았다. 부모 눈에도 심하다 싶을 정도로 자신이 강하고 이기적인 생각이 너무 뚜렷해 속으로 걱정도 많이 하였다.

그러나 중국에 가서는 빈희에게서 더 이상 이기주의와 자만심은 찾아볼 수 없었다. 왜냐하면 중국어를 전혀 못할 뿐더러 수업도 따라가지 못할 정도였기 때문이다. 자신이 무척 대단할 줄 알고 있던 아이가 중국에 가서는 평범한 아이란 걸 깨달았던 것이다. 게다가 불쌍한 사람과 소외받은 많은 탈북자들을 보면서 스스로 생각한 바가 많았던 모양이다.

중국에 간 후 빈희는 차츰 달라지기 시작해 자기보다는 남부터 배려하는 착한 마음이 생긴 것 같았다. 한번은 빈희가 학교에서 오더니 며칠째 뒤에 앉은 왕란이가 안 보인다고 걱정을 하였다. 그로부터 며칠 후 시장에 심부름을 갔던 빈희는 사오라는 채소는 사오지 않고 양손에 두부만 가득 들고 왔다.

"웬 두부를 이렇게 많이 사왔니? 야채는 왜 안 사왔어?"

"엄마, 왕란이라는 우리반 친구가 있는데 집이 가난해서 도저히 학교에 다닐 수가 없대요. 돈이 없어서 시장에서 돈을 벌어야 한대요. 돈을 많이 벌어서 자기 동생들을 가르쳐야 한대요. 학교에 나오지 않아 걱정하고 있었는데 시장에서 우연히 만났어요. 왕란이를 도와주고 싶어 두부를 다 샀어요. 우리집이 어려워지면 왕란이처럼 장녀인 제가 동생들을 돌봐야 하잖아요. 그래서 왕란이가 더 불쌍하게 여겨졌어요."

나는 빈희의 마음이 기특하여 칭찬해주었고 그 친구를 도울 수 있으면 너희들 힘으로 도와주라고 이야기하였다. 그날 밤 빈희, 정인, 다빈이는 심각하게 무슨 이야기를 주고받더니 그 다음 날 저녁 무렵에서야 학교에서 돌아오는 것이었다. 왜 이렇게 늦었느냐고 묻자 그때까지 왕란이와 두부를 팔았다고 하였다.

시장에 온 사람들은 한국 아이들이 두부를 파는 모습이 신기한 듯 많이 사주었다고 자랑하였다. 거기다가 시장에서 어느 정도 팔고 식당과 상점을 돌며 매일매일 두부를 사줄 곳을 여러 군데 소개시켜주고 오는 길이라는 것이다.

나도 모르게 내 눈에서는 눈물이 흘렀고 아이들이 지금의 순수한 마음을 어른이 되어서도 잃지 않고 살기를 기도했다.

학교나 학원에서 배우기보다는 삶 속에서 보고 익히는 것이 진정한 평생교육이 될 수 있다는 생각을 해본다. 삶 속에서 배우는 철학과 실천하려는 마음만 있다면 이보다 더 큰 교육이 있겠는가?

사교육과 공교육 위주의 현실 속에서 아이들이 너무 정형화된 교육만 받고 자라는 것 같아 아이들을 둔 엄마로서 걱정 아닌 걱정도 해본다. 우리 미래를 짊어지고 가야 할 아이들에게 삭막한 교육만을 고집한다면 정이나 인심으로 대표되는 대한민국 교육의 미래는 그다지 투명해 보이지 않는다.

우리나라는 70년도를 기점으로 하여 빠른 경제성장세를 보인 아시아의 대표적인 국가이다. 그 빠른 성장속도로 인하여 지금은 국민 개개인이 질 높은 교육혜택도 누리고 경제적으로 윤택한 생활도 누린다.

우리나라의 교육열정은 세계적으로 정평이 나 있고, 자녀교육에 대한 부모들의 열정 또한 대단하다.

영국인들만 모여 살던 소도시에 한국인들이 이민과 유학을 가기 시작하면서 이전까지 없던 아이들의 과외가 시작되고 한국인들의 학습과다 열풍으로 이사를 가는 영국인도 많다는 9시 뉴스를 본 적이 있다. 이것을 보고 '대한민국 엄마들 참 대단하다' 라는 생각을 하였다.

물가도 만만찮은 영국으로 유학을 보내고 그것도 모자라 적게는 세 군데 많게는 5개까지 과외를 보낸다니 입가에 쓴웃음만 나왔다.

자녀교육에 전 재산을 쓴다고 해서 누가 욕할 수 있겠느냐만, 과외시간을 활용하여 부모가 가르쳐준다면 과외비는 좋은 일에 쓸 수도 있고 아이들과는 정이 더 돈독해지지 않겠는가.

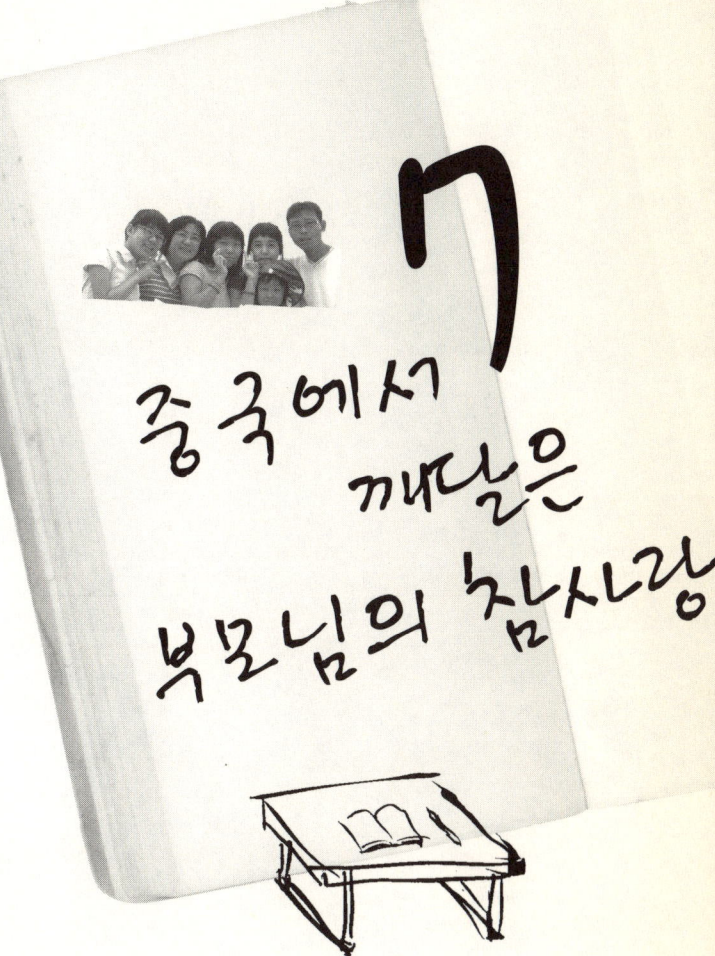

ㄱ

중국에서
깨달은
부모님의 참사랑

"기대에 어긋나지 않는
빈희가 될게요!"

아버지, 엄마, 안녕하세요?

뜨거운 여름날이 지나고 벌써 가을이네요. 올 여름에 단양 집에서 물놀이도 하고 가족들과 저녁에 모닥불을 피우며 놀던 기억이 새삼 떠오르네요.

중국에서 공부할 때 고생도 많이 하고 힘들게 대학 준비를 했는데 막상 대학에 들어오니 새삼 가족들이 그립고 생각나요. 하지만 중국에서 부모님 없이도 열심히 했던 것처럼 성실히 학교생활을 하고 있으니 제 걱정은 하지 마세요.

대학생이 되고 나니 옛날에 하던 공부와는 많이 차별화, 전문화돼서 어렵기도 하지만 재미있기도 해요. 공부가 바쁘다는 핑

계로 부모님 생각을 조금 소홀한 것은 사실이에요.

우리 세 자매는 중국에 있을 때 부모님이 가르쳐준 사람의 근본에 대해 잊고 살아본 적이 없어요. 처음 중국이라는 나라로 간다고 했을 때 조금은 흥분과 두려운 마음도 있었지만 어린 나이에 다른 나라에 가볼 수 있다는 기대감도 컸어요.

아버지도 중국 생활 이년 가까이는 참 힘들었던 것 알아요. 지금에서야 하는 이야기지만 사실 저도 많이 힘들었어요. 들어보지도 못했던 중국어를 막상 제가 배워야 한다니 두려움부터 앞섰지만 부모님이 저에게는 큰 힘이 되어주었지요.

'세상은 넓고 할 일은 많다'라는 책 제목처럼 대학생이 되어보니 진짜 공부는 지금부터라는 생각으로 저 자신을 한 번 더 질책하곤 해요. 대학생활은 저에게 또 다른 모험이며 또 다른 도전이라고 생각해요.

부모님이 저에게 초등학교 6학년 때부터 검정고시를 통하여 중학교, 고등학교를 건너뛴다고 하였을 때는 제 실력으로 과연 그 과정들을 통과할 수 있을까 속으로 걱정도 많이 했어요. 하지만 한편으로는 부모님의 기대를 저버리지 않으려고 노력도 많이 하였어요.

아버지, 아버지는 장녀가 잘되어야 그 집안은 성공한 집안이라고 하셨죠? 대학생이 되어보니 그 말의 깊은 뜻을 알게 됐어요. 저 자신과 3명의 동생들에게 모범을 보이기 위해서라도 더 열심히 생활할게요.

한때는 관심을 가져주시는 사람들이 많아서 부담스럽기도 했지만 지금은 오히려 그런 관심이 큰 힘이 돼요.

중국에서의 3년여의 시간은 저에게 대학생활의 너무나 큰 밑거름이 되고 있어요. 중국에서 아버지, 엄마에게 마음 편하게 더 잘 해드렸어야 했다는 후회도 들지만 앞으로 더 잘하여 기대에 어긋나지 않는 장녀가 될 거예요.

나중에 많은 공부를 한 후에는 부모님이 알려주신 중국에 대한 수많은 정보를 가지고 대학생활과 잘 접목하여 중국과 한국을 오가며 법적인 일을 하려고 생각중이에요. 중국에 진출하는 한국 사람들이나 기업을 돕는 국제변호사가 되어 일해보고 싶어요.

중국 연길에 있을 때 친구들 중 70% 정도는 부모님 중 한 분이 돈을 벌려고 외국에서 생활하고 있는 경우가 많았고 그 친구들에겐 한국인을 미워하는 마음이 많았어요.

왜 한국 사람을 미워하냐고 물으니 직장에서 월급이 나오지
않고 잦은 구타로 힘들어하는 것을 가족들의 전화통화로 들었
다는 거예요. 많이 속상해 우는 친구의 모습을 보며 저도 같이
운 적이 있어요.

이런 이들은 나라간의 노동법이나 인권문제에 대해 잘 모르
고 있기 때문이라는 얘기를 들었어요. 나라간의 분명한 법만
생기고 외국 노동자에게 홍보만 잘 된다면 우리나라는 싼 인격
을 쓸 수 있어 좋고 외국인 근로자는 많은 돈을 벌어 갈 수 있
기 때문에 국가간의 이득이라고 생각해요.

아버지, 엄마.

열심히 공부하여 인권문제나 소외된 계층을 위하여 따뜻한
마음으로 돕고 사는 큰 딸 빈희가 되겠어요. 앞으로도 지켜봐
주시고 항상 옆에서 힘이 되어주세요. 마지막 말은 항상 행복
하시고, 사랑합니다!

2006년 10월 9일

빈희 올림

172

"부모님 덕분에
마침내 해냈어요!"

우리 세 자매는 처음에는 중국이라는 나라에 가서 중국 말만 배우면 되는 줄 알았다. 하지만 중국에 도착했을 때 아버지는 우리에게 집중력 강화 프로그램과 인생의 구체적인 목표를 짜서 부모님들이 교육시키겠다고 이야기했다.

그것은 마치 군인들처럼 스파르타식 교육을 하는 것이었다. 앉아서 눈 감고 있으라는 둥 벽에 점을 찍어두고 보라는 둥, 우리로서는 이해가 가지 않는 집중력 훈련으로 교육을 시키기 시작하였다. 벌 받을 때에도 기마자세와 헬리콥터 포복, 피티 체조 등을 시켰다.

아버지는 자신이 특수부대 출신이라 군번도 없고 군복도 없

173

이 군대생활을 했다고 이야기하였다. 우리가 군번이 뭐냐고 물어보자 아버지는 아주 심각한 표정으로 전쟁 때 사망하거나 부상을 당하면 군번 줄로 확인한다는 것이다.

군번 줄이 왜 2개냐고 물으니 하나는 죽었을 때 앞니 사이로 넣는다고 하였다. 그래야만 죽은 사람이 어느 부대 출신이고 이름이 뭔지 확인할 수 있다는 것이다. 순간 등에서 소름이 끼치며 아버지 말씀을 잘 들어야겠다는 생각이 들었다.

그 후부터는 집중력 강화 프로그램도 열심히 하였고 십계명도 열심히 실천하였다. 시간이 흐를수록 아버지가 만드신 집중력 프로그램과 뇌 호흡, 명상, 삼선이 공부에 도움이 되는 것 같았다. 교육을 받기 전보다 뭔가에 집중하는 능력이 월등히 좋아지는 게 느껴졌다.

우리끼리는 가끔씩 우리가 평범한 방식으로 공부했다면 지금의 우리가 있을까라는 생각을 해본다. 검정고시에 모두 합격하고 우리는 엄마보다는 아버지에게 큰절을 해야 된다고 생각해 그렇게 했다. 엄마는 학원 일을 하여 우리를 잘 가르쳐줄 걸 알았지만 아버지가 다른 아버지와는 완전히 다르게 우리를 교육시켜 지금처럼 키워주셨기 때문이다.

할아버지를 통해서 나중에 안 사실이지만 아버지는 특수부대 출신이 아니고 피엑스에서 소시지와 과자를 팔았다고 한다. 그 이야기를 듣고 너무 황당하고 웃겼지만 거짓말까지 해가며 우리를 가르친 거라고 생각하자 뭐라고 말씀드려야 할지 몰랐다.

중국에 가서 일년 반 정도 후 돈이 필요하여 아버지가 한국에 먼저 나가야 한다고 하였을 때는 우리 세 자매는 밤새 울었었다. 그때 아버지의 뒷모습은 너무나 힘들어 보였고 아버지가 떠난 후 혼자 남아야 할 엄마도 무척 불쌍해 보였다.

그때에 비하면 지금은 돈 걱정도 하지 않고 우리도 다 잘되어 엄마, 아버지에게 그나마 덜 죄송스럽다. 그 당시 너무 속을 많이 썩인 것을 훌륭하게 성장해 모두 갚아드릴 것이다.

'아버지, 엄마. 지금까지 돌봐주시고 길러주셔서 너무 감사합니다. 부모님 사랑합니다.'

이 책을 마치며

이 책에서 우리는 오늘의 교육현실이 잘못되었다고 이야기하는 것이 절대 아니다. 부모의 가정교육이 교육의 처음이고, 그 다음에 사교육이든 공교육이든 되어야 한다는 게 우리의 중심생각이다.

부모가 자기 아이를 가르치지 못하면서 어찌 다른 사람에게 자기 아이의 미래를 보장받을 수 있겠는가? 아이의 미래는 부모의 많은 시간과 관심이 투자되어야 할 것이다.

방치된 아이가 올바르게 자라날 확률이 얼마나 되겠는가. 부모의 사랑과 관심을 받고 자란 아이는 커서는 자기 자식이나 타인에게 분명히 사랑을 베풀 것이다. 부모가 올바른 교육철학을 갖지 못하면 일등과 꼴찌가 존재하는 현실 속에서 내 아이는 낙오자라는 불명예를 안으며 살아갈 것이다. 일등이 존재하면 꼴찌도 존재하듯 현 교육은 일등 위주가 아닌 꼴찌에게 맞추어가는 교육으로 탈바꿈해야 할 것이다.

생각해보라. 만약 아이가 공부를 잘한다면 굳이 학교에 갈 필요가 있겠는가. 학교는 배움의 터전이 되어야 하며 꼴찌가 나오는 현상은 가르치는 사람에게 문제가 있는 것이다. 공부하는 방법이나 공부에 대한 열정 같은 것은 선생님이 아이에게 심어주는 미래의 꿈나무 같은 것이 되어야 한다.

우리 부부는 대단하다거나 남들이 못 시키는 교육을 시킨 것이 절대 아니다. 부모라면 누구나 한 번쯤 들어보고 아이들 교육에 실천해볼 만한 것을 실천한 것뿐이다.

하지만 아이들에 대한 믿음과 교육에 대한 뚜렷한 철학, 용기 있는 과감함으로 아이들을 교육시켰다. 열심히 실천한 결과 아이들도 만족하고 부모도 만족하는 결실을 맺었다.

지금까지 부모의 기대에 어긋나지 않고 잘 따라준 아이들에게도 고맙게 생각한다. 중국이라는 낯설고 힘든 상황에서도 힘든 사춘기를 별탈없이 잘 보내주었고, 조금은 특별한 아버지의 교육도 잘 받아주어 이런 좋은 성과를 본 것이다.

만약 아이들이 우리의 대안교육을 받아들이지 못했다면 힘든 사춘기를 보내고 탈선할 수도 있었을 것이다. 어찌 생각하면 무모한 도전으로만 끝날 수도 있었던 모험적인 교육이었지만, 가족이 하나로 뭉쳐 최선을 다함으로써 우리 나름대로는 성공을 거둔 교육이라고 생각한다.

우리 부부는 열 가지를 다 잘하는 아이는 있을 수 없다고 생각한다. 국어를 잘하는 아이는 체육을 못할 수도 있고, 체육을 잘하는 아이는 수학을 못할 수도 있다.

요즘같이 세분화되고 전문적인 인성이나 적성을 요구하는 세대에는 아이들과 깊은 상의만 한다면 대안교육이나 탈제도권 교육에 한번쯤 도전해볼 만하다고 생각한다. 물론 대안교육으로 반드시 성공한다는 보장은 없다. 하지만 아이가 받아야 하는 공부 스트레스나 다른 아이들과 비교하면서 교육시킬 필요가 없다는 사실만으로도 아이들에게는 축복이라 생각한다.

중학교 3년과 고등학교 3년의 6년 동안 일년에 한 번밖에 치를 수 없는 수능이라는 입시제도를 통해서만 대학에 가야 한다면 너무 억울하지 않겠는가? 6년을 공부하여 단 한 번의 시험으로 능력을 평가하고 장래의 직업을 결정하는 대학에 가야 하니 아이와 부모가 받는 스트레스가 어떻겠는가?

너무 많은 경쟁 상대와 치열하게 공부하는 아이들 틈바구니 속에서 되고 싶어하는 직업과 가고 싶어하는 대학이 다들 비슷하여 경쟁의식만 부추기고 공부에 대한 스트레스만 받게 되는 게 지금의 교육현실이다.

그와는 달리 대안교육을 택하면 6년의 공부를 일년으로 줄일 수 있고, 5년이라는 세월은 일반교양과 전문적인 지식을 쌓고 다양한 체험이나 경험에 투자할 수도 있다.

대학은 인성의 장이라고들 한다. 대학 공부와 대학원 공부가 아이들에게는 정말 큰 공부의 시작이다. 빈희가 2005년에 7개 대학에 합격하여 대학교 관계자들을 만나볼 기회가 많이 있었다. 학교마다 조심스럽게 꺼내는 말은 장학금 부분이었고, 장학금을 주고 여러 영재 학생들을 데리고 와서 실패한 경험담을 들려주었다.

아이들은 4년 장학금을 약속받으면 그 이후부터 놀기 시작한다는 것이다. 4년 동안의 등록금도 해결되었고, 3년 동안 밤새워 공부하였기에 한 학기는 논다는 생각으로 수업을 듣는다고 한다. 그러다 보면 공부하는 리듬이 깨져 그 이후부터는 공부를 아예 포기해버린다는 것이다. 그 말에 우리는 어느 정도 공감할 수 있었다.

중학교는 제외하더라도 고등학교 3년이라는 세월을 열심히 공부하여 대학에 들어오다 보니 얼마나 자유롭게 마음 편히 쉬고 싶겠는가?

대안교육을 선택한 아이들의 공통적인 장점은 입시에 시달리지 않고 경쟁자 없이 원하는 공부를 했기 때문에 대학입학 후 공부에 대한 열정이나 동아리 참여도가 일반 학생들에 비하여 월등하다고 한다.

대안교육이나 탈교육을 할 때 우리집 아이들도 여러 학생들이 모여서 하는 학교공부를 항상 부러워하였고 그래서인지 지금 대학생이 된 빈희는 공부 욕심이 대단하다. 정인이와 다빈이에게 대학생활의 재미와 언니, 오빠들에게 그들과 동등한 대우를 받으며 공부할 수 있다는 것을 만날 때마다 자랑한다.

정인이와 다빈이도 올해 수시 입학으로 대학 갈 준비를 하고 있다. 지금 몇 개 대학에는 합격한 상태이고 몇 개 대학은 발표를 앞두고 있다. 하지만 우리 부부는 이제 아이들 걱정은 하지 않는다. 부모가 있거나 없거나 자기들 공부는 스스로 알아서 하는 위치에 있기 때문이다.

우리에게 아이를 가르친 특별한 비법이 있느냐고 묻는 사람들이 많다. 우리는 아이 가진 부모라면 일상생활에서 한번 정도 생각해볼 만한 교육철학이나 삶의 철학을 아이들 교육에 접목시켰다는 것뿐이다.

이 사회가 보다 질 높은 교육인재를 양성하고 싶다면 대안교육이나 탈교육을 시키는 부모들에게도 눈을 돌려야 할 필요가 있다. 시대가 급속도로 발전하면서 더욱더 한 분야의 전문적인 지식인을 필요로 하고 배출해내야 하기 때문이다.

선진국에서는 의대나 법대 등 전문직종을 전공하고 싶어하는 아이들을 다양한 방법으로 입학시킨 후 졸업을 어렵게 하여 공부하지 않고는 졸업할 수 없는 시스템을 지향하고 있다. 그와는 달리 우리나라 대학은 들어가기는 힘들어도 졸업하기는 너무나 쉬운 시스템이다. 이런 시스템으로 인한 부작용은 굳이 말하지 않아도 생각해볼 수 있을 것이다.

대안교육과 탈교육에 대한 사회나 부모들의 좋지 않은 고정관념은 버리고 보다 많은 지원과 관심을 통해 우리 아이들에게 또 하나의 돌파구를 마련해줄 필요가 있다고 생각한다.

학교라는 개념이 없을 때에는 작은 서당이 학교를 대신 하였듯이 대안교육이 지금의 작은 서당이지 않을까? 소수정예로 교육을 시키다 보니 개개인의 특성도 살리기 쉽고 일반 학교에 비하여 교과과목도 줄일 수 있어 공부 스트레스도 덜 받는다. 흔히들 우스개처럼 이런 이야기를 한다.

"죽어라 공부해서 사회에 나가보니 만유인력이 어쩌니, 뉴턴법칙이 어쩌니, 루트니 피타고라스의 정리니 하는 이론들이 하나도 써먹을 때 없더라."

공부는 즐기면서 하는 것이지 소가 도살장에 끌려가는 기분으로 해서는 안 된다. 학교에 보내는 부모도 힘들고 학교에 가야 하는 아이도 힘들 것이다. 교육현실이 아이들을 위한 시스템으로 바뀌어 아이들이 즐기면서 공부할 수 있는 교육기관이나 학교가 많이 생기길 대안교육을 택한 부모로서 꿈꿔본다.

영재는 노력하는 학생을 따라갈 수 없고, 노력하는 학생은 행복하게 공부하는 학생을 따라갈 수 없다. 공부는 아이들의 직업이고, 그 직업 때문에 웃을 수 있는 사람이 정말 행복한 사람이 아닐까.

아이에 대한 부모의 욕심을 버리고 대한민국의 모든 아이들이 웃을 수 있는 교육현실이었으면 하는 바람이다.